玄默 —— 著

终身最爱 II

（下）

北京联合出版公司
Beijing United Publishing Co.,Ltd.

图书在版编目（CIP）数据

终身最爱 : 全两册. II / 玄默著. －－ 北京 : 北京联合出版公司, 2018.4

ISBN 978-7-5502-8737-2

I . ①终… II . ①玄… III . ①长篇小说－中国－当代IV. ①I247.5

中国版本图书馆CIP数据核字(2018)第041869号

终身最爱 II

著　　者：玄　默
责任编辑：夏应鹏
封面设计：　格·創研社　SQUARE Design
　　　　　　　　　　BOOK QQ:418808878

北京联合出版公司出版
（北京市西城区德外大街83号楼9层　100088）
北京联合天畅发行公司发行
北京新华印刷有限公司印刷　新华书店经销
字数230千字　880mm×1230mm　1/32　14印张
2018年4月第1版　2018年4月第1次印刷
ISBN 978-7-5502-8737-2
定价：49.80元（全两册）

目录

/

c o n t e n t s

✽

第十三章 · 岁月风霜

裴熙很快就被人送走了。

裴欢拦不住那些人，她虽然急，但看得出姐姐在这里一直受到照顾，猜到韩姥应该对裴熙还有些同情，于是只能顺势让自己先保持冷静，也没有贸然阻止。

她顾不上其他，眼看四下无人，趁着这一时片刻的空当冲过去找隋远，快步走到他身边问："不是让你回叶城去了吗，笙笙呢？"

隋远示意她冷静，眼看韩姥带来的人很快聚过来了，他也来不及过多解释，只能低声跟她交代道："这女人昨天突然找我，说华绍亭情况不好，我怕老狐狸的病出问题，只能先过来，不过……"他说话的声音很小心，"孩子不在她手里。"

裴欢最担心女儿变成别人的要挟，隋远这么说总算让她心下稍安，她还要问什么，却被远处姐姐的惨叫声打断了。

裴熙的房间离得并不远，也是过了残亭之后，唯一亮灯的地方。

裴欢心里揪紧了，不放心姐姐，一路追过去。

大家一进房间，裴熙喊得声嘶力竭，整个人近乎虚脱。隋远看她情况不好，赶紧过去给她注射了镇定剂，好让她先睡下。

屋子里一团乱，裴熙白天闷在屋子里，又拿纸画了画，暄园里没准备画架，也没有任何工具，于是她就在桌子上画，又滚到地上，凌乱地铺满一房间。

隋远是这园子里唯一的医生，他这两天被当作了苦力，飞来飞去脚不沾地，被抓来这里照顾完西边，又来裴熙这里，他这一天忙前忙后几乎累得喘不过气，最后终于让裴熙安静下来了。

他并不是精神科的大夫，不过都是勉强帮忙，对着发病的裴熙他也没有更好的办法了。闹得实在有点儿累，他长出一口气，坐在了桌子旁。

裴欢帮不上忙，只能跟他过去坐着等，这一天发生的事几乎比她过去半生遇到的变故还要多，又全是她不知道的往事，她实在有点承受不住，用尽理智才让自己平静下来。

只有韩姥闲着没事做，她靠在门边，眼看这房间里终于安静下来，这才让下人们都退出去。

　　韩婼看着裴欢被风吹散的头发，仿佛十分可惜，又打量她的脸色，开口和她说："别急，华绍亭这两天不太舒服，所以，我才请隋大夫千里迢迢赶回来。我听说你大哥这么多年都靠隋大夫才能活下来，实在有点儿好奇，请他来看看……这次能不能再救他一命。"

　　裴欢握紧了拳头，恨不得现在就撕碎对方这张虚伪的脸，她来的路上一直担心华绍亭的情况，韩婼自然明白怎么让她难受，此时此刻故意说来给她听。

　　裴欢一颗心沉得坠下去，却又必须忍住，听了就像没听见一样，她知道现在绝不能信韩婼说的话。

　　对方消失二十年，突然回来找到了自己的祖宅，收拾干净又把他们所有人引过来，绝对是为了报复。这个女人只想看他们在这里混乱发疯，他们越乱她越高兴，裴欢不能让她如愿。

　　裴欢压下愤怒，回头问隋远："我大哥情况怎么样？"

　　隋远满脸是汗，揉了揉眼睛，瞥了一眼门边的韩婼，声音故意压低，回答她："不太好。我说过他一定要按时吃药，那是抗排异用的，现在他身体这种情况免疫力很低，又突然停药，随时有急性病变的可能。"

　　"他现在人在哪里？"

　　"西边的房间里，中午就睡了，一直没醒，这地方没有仪器检查，我不确定……"

裴欢听不下去，马上起身要冲去找华绍亭。韩婼伸手拉住裴欢，此时此刻有的是时间跟她算清楚，提醒她说："凡事分清主次，这可是你跟我说的。如今这里是暄园，由我做主，这里可没有什么华夫人，也不是你想去哪儿就能去的！"

裴欢忍无可忍，瞬间就急了，大喊一声："你别碰我！"她回身甩开韩婼，对方也下了狠手拦住她，裴欢想起来对方腰侧的位置是弱点，一脚踢过去，又反手想把对方按在墙上。

好歹她也是在兰坊长大的人，真把她惹急了，未必能让人占了优势。

韩婼当然没必要和裴欢硬拼，她又叫了其他下人过来，把裴欢扭住按在一边，隋远刚要过去帮忙，也被人冲过来控制住。

这一座园子空荡荡地荒废了二十年，终于在这一夜四下都亮起了灯。

可惜无月无星，真不适合团聚。

韩婼好像心情很好，阴阳怪气地嘱咐说："隋大夫是医生，是暄园的客人，这两天辛苦了。"她让人把隋远单独带走，请他好好休息，最后就留下了裴欢。

韩婼一点儿都不急，她把地上裴熙画的那些画纸都收起来，放在桌子上，这才回身看裴欢。

这园子是她的，人也都是她的，于她而言，今夜来了几个后辈，也不过就是来了几只蚂蚱，扑腾两下无关痛痒。

韩婼终于摘下了帽子，裴欢总算能彻底看清她的脸了。裴欢虽然被人控制住，偏不肯示弱，咬牙看向韩婼，问她一句："你鬼鬼祟祟把人都带到这里，到底想干什么？"

华绍亭这么久没离开暄园，如果韩婼想让他偿命，那就不该再找隋远。

韩婼仔细欣赏她的愤怒和敌意，似乎很是满意，她哑着嗓子跟她说："别着急，我好心好意让你来陪着他，你可千万好好看着……看他是怎么死的。"

裴欢握紧了手指，几乎快要掐进掌心里，目光却半分都不退让，就这么直直地瞪着她说："想他死的人多了，你凭什么？"裴欢知道她嗓子出过问题，再把她周身这副痛苦的样子联系起来，也明白了七八分，"不管你们过去发生了什么，我要是你，好不容易活下来就不该再……"

她后边的话还没来得及说下去，韩婼突然抬手扇了她一耳光。

裴欢的脾气上来，瞬间急了，死命挣扎，一瞬间冲过来，左右两个人往死了按住她，把一旁的桌子撞翻了，才制住她的手脚。

韩婼看着她挣脱不了的样子十分享受，又走过去揪起裴欢的头发，逼着她抬起头，用力捏住她的脸。

裴欢毫不回避地瞪着她，这倔模样一下把韩婼心里那把火点燃了，她被裴欢这句话彻底惹怒了。

她气急之下，嗓子活像劈了的风箱，看着裴欢嘶哑地低吼道："你问我凭什么！如果不是我，当年死在这园子里的就是华绍亭！你们所有人都没有今天！"

月暗惜光，房间里只开了墙角的灯，院子里除了树影，再没有其他。

四方廊下凡是能亮的灯都亮起来了，摇摇晃晃，都是隔了几十年的光源，好在明灭之间角度刚好，把裴欢所在的门口照得格外清晰，让她能顺着韩婼的袖子，一路看清了对方手腕上的皮肤。

她胳膊上满满全是烧伤的恐怖痕迹，仅仅只有手腕那一圈露在外边，但裴欢知道那种疤痕绵延而去，绝不止眼前这一片而已，这景象让她不由自主收了声。

最终红了眼睛的人竟然是韩婼。

她掐着裴欢的脸，直到手下的人动也不能动，狠狠告诉裴欢："你不知道的事太多了，你和你姐姐不一样，裴熙就是因为知道太多秘密才必须疯。如果她不疯，就活不到今天！"

韩婼渐渐发现裴欢一直盯着自己的袖口看，本能地拉紧了衣服，一抬眼正对上裴欢探询的目光，于是索性都告诉她："二十年前，我和华绍亭都到了成年的时候，老会长必须在我和他之间做一个选择，我们之中只有一个人能回到兰坊，继承敬兰会。"

她说着说着声音冷了，只剩平淡无味一张脸，韩婼并没有经过太多岁月风霜，像是被藏在暗室的瓷瓶，久不见光，渐渐就被卡在了年月的缝隙里。

她回不到过去，又融不入当下，只好徒劳存着半生恩怨不肯放，磨尖棱角，誓要报复每个路过的人。

爱或是伤害，都是存在过的证据。

可她哪一样都没有。

韩婼让人放开裴欢，下人们早就习惯于忍耐她阴晴不定的脾气，于是很快关上门出去了。裴熙躺在里间的床上睡得很沉，这一下四周又归于死寂，再也没有人知道时间。

"结果你也看见了，华绍亭回到兰坊，成了你们的华先生。他这条路走得不算光彩，一将功成万骨枯，何况是敬兰会！自然要抹得干干净净，所以，这二十年里再也没有人知道我是谁。"她当着裴欢的面解开袖子，露出了大片的手臂，甚至压下领口……除了脸之外，她浑身果然再没有一处完好的皮肤，她继续说着，"我刚醒过来的时候很痛苦，完全不能走路，生不如死。后来我苦熬了两年，做了数不清的恢复训练才有今天。"

裴欢从第一次看见她开始就觉得她浑身古怪。她早早做过心理准备，但等对方真的把一身伤疤袒露出来之后，那些人体被烧伤之后留下的痕迹，远远超出她的想象。

本该光滑的皮肤像被烧毁了的纸卷，瑟缩佝偻着，永远无法抚平，到了关节处拧成各种褶皱纠缠在一起，甚至经年之后依然露着鲜红惊悚的颜色。

这画面太残忍，人到了这种程度也许故去才是恩慈，不应该再苦苦苟延残喘，但韩姥偏偏还活生生站在这里说话。她瞪着一双眼，卸去了遮掩之后，整个人显得形容枯槁，只有嘶哑的声音伴着一座荒芜的园子，凭空让人又多了一丝诡异可怖的联想。

"我好不容易才站起来！就是那段时间，外边的人竟然跟我说华绍亭病死了。"韩姥说到这里突然开始笑，她红着一双眼睛，干巴巴地颤着嘴角，一直笑到浑身发抖，控制不住神色，癫狂地低吼："他不会死的，我不信！"

裴欢看着韩姥又哭又笑，这一刻反而平静下来，她深深吸了口气，终于让自己冷静地想明白，她此时此刻不占任何优势，和韩姥在这里厮打没意义，于是她从门口走进来，遂了对方的意思，直接坐在桌子旁边。

韩姥捂着脸静静地站了一会儿，好不容易才控制住情绪。她把长裙重新系好，又和裴欢说："你对华绍亭的依赖关系太顽固，所以你看不明白，华绍亭最会利用人心，他害死我，又等到老会长病逝，最后只剩下你姐姐成了唯一记得他过去的人，与其终日防着她，不如干脆把威胁都养在自己身边，他清楚这样才是最好的控制风险的办法。你们只不过是两个孩子而已，时间一长，他完全有这个本事，把你们统统变成自己人。"

韩婼的意思很清楚，事实已经证明，华绍亭成功了一半，他养出了一个裴欢，却没能如愿控制住裴熙，于是干脆把裴熙逼疯了，让她变成一个众人皆知的精神病人，从此不管裴熙说什么，再也不会受到关注。

韩婼向房间里边扫了一眼，以往裴熙一听见和华绍亭有关的只言片语就被刺激到发病，如今她被药物控制住，昏沉睡着，完全平静下来之后，只剩唇角微微抖动，不知道做了什么梦。

韩婼带着压抑的情绪指着裴熙睡着的方向低声说道："你根本无法想象，你姐姐当年也是个孩子，别人天真烂漫的年纪，她却受尽刺激，身不由己，被迫天天和一个魔鬼生活在一起！你对华绍亭感激涕零，爱他爱得死去活来的时候，你想过你姐姐心里承担了多少痛苦吗？"

裴欢被她说得怔住了。她突然记起当年，她决定搬去和华绍亭住在一起，那时候姐姐的反应过于激动，甚至让她有了误会……后来她又有了笙笙，很快姐姐歇斯底里病情加重，再后来那些年，他们一家人才被迫有了太多波折。

韩婼一件一件和她说，并没有停下来的意思。裴欢逼着自己不要被她蛊惑，却越发有些恐惧，她不敢再听下去，硬着口气打断她："我们之间的事，不用你来告诉我！"

她突然站起来盯着韩婼，一步一步走过去，对方陷在自己的情绪里无法自拔，还看着裴熙睡下的地方喃喃自语："她是个命苦的孩子，和我当年一样，无缘无故变成别人的靶子，她没疯……疯的是你们！"

裴欢走到韩婼身后，如法炮制，一把掐在女人颈后，对方猝不及防向后转身，她按着韩婼的肩膀，抬起另一只手，毫不犹豫就把那耳光扇了回去。

裴欢用上了全身的力气，明知道这一下可能激怒韩婼，但她心里一点儿都不怕，她咬碎了牙也要把今夜种种，加倍奉还。

华绍亭教过她很多事，可惜从来没教过她寄人篱下就该低头的道理。

韩婼被她打得猛然后退，两人再次对峙，警惕地保持距离。

谁也没有再动，很快韩婼笑了，她擦了嘴角的血，没有叫人进来，只是定定地看着裴欢。她能看出面前的人只是在强撑，明明这一晚对方毫无退路，却仍旧一点儿亏都不肯吃，丝毫不计后果。

韩婼见了她这几次后，不得不承认，裴欢这性子的确招人喜欢。

美是脆弱的，但真正的美永不被摧毁。无论岁月如何伤人，连暄园都未能幸免，只有裴欢是这二十年光阴摧残之下唯一的幸存者。时至今日，她依旧底色干净，带着一身莽撞，却又坚韧执着，仿佛永远都有不服输的底气。

裴欢克制住自己的情绪，迎着韩姹若有所思的目光，开口问她："我大哥在哪儿？"

韩姹如她所愿推开门，指指西边的方向。

"他睡了多久了？"

韩姹不回答她的问题，自顾自留在裴熙的房间里守着，丝毫不再关心身后的人要去哪里。她给床上昏睡的裴熙盖好被子，坐在床边，对着裴熙轻声地低语，一时失了神，活像对着年轻时候的自己。

疯了忘了也是一种解脱。如果受过折磨的人能把记忆打乱重来，可能才是活下去的唯一生路，可惜韩姹知道，自己已经没机会了。

裴欢已经走到门边，床边的人突然开口，她不得不停下了。

韩姹打破沉默说："你和华绍亭之间，只有一个人能离开暄园，去问问你的好大哥，这次他选谁？"

裴欢停下脚步，但没有转身，她只觉得这话可笑，说："二十年前你都拦不住他，现在更不用做梦了。"

韩婼也不生气，她轻缓地哄着床上的人，像哄小孩子睡觉一样，她说话的声音也刻意放轻，生怕吵醒了裴熙似的。她看看门口逆光的人，轻轻开口道："这园子没有几天了，早晚都是要毁掉的。我知道他会保住你，他会不择手段让你走，所以……你呢？"

裴欢握紧了手不说话，狠狠关上门走了出去。

暄园虽然败落了，但因为是私人祖宅，到如今依旧保留了原有主要建筑，前后庭院还是很大。

裴欢根本不清楚方向，她出来之后没有人跟着，于是只能自己分辨方向，勉强找到西侧，走着走着又远远看见那片青色的砖。

她心里有些空泛的难过，隐隐压得她喘不过气，就像一个人自以为丢了的东西，千辛万苦好不容易找回来，却发现它根本不如所想，徒劳伤心。

她顺着长廊一路向前去，逐渐想起一些片段，想起当年暄园的四方天空下还有炙热的太阳，好像她和姐姐在院子里养了些什么，不外乎小猫小狗，于是她自己也像只小动物似的，每天乖乖被婶子抱出来晒太阳……

她以为自己记住的那些事确实还不够。

裴欢有些恍惚，猛地回身看，不论是前路还是身后走过的地方都一样，只剩下冷清破败的长廊。远处的灯光越来越暗，她甚至开始怀疑这条路并不会通往什么地方，只是回忆梦境为了困住她，才杜撰出了今夜种种。

重写人生未必是好事。

四下什么声音也没有，只剩裴欢一个人。

她知道韩姞肯定安排了下人在暗处监视，却又不知道危险究竟在哪里。

她开始控制不住地恐惧，此时此刻她只身闯进来，找到了这条来时路，却完全不知女儿的下落，而华绍亭情况不好，一时半会儿恐怕无法离开暄园。

她又该怎么选？

第十四章 · 世变无涯

天快亮了，裴欢好不容易才在暄园里找到华绍亭。

她想着以他的脾气，总该挑个安静地方住，但她忘了，他当年来这里养病的时候也才十几岁，还没养出后来那些过分的讲究。于是她这一路上找来找去，走了不少弯路，最后忽然在西边院子里看到了水晶洞的痕迹，才发现对面的屋子里有灯光。

她推开门进去，忽然发现隋远原来是个骗子。

华绍亭精神不错，并没有昏睡，他故意让人觉得他情况不好，也故意让隋远把话都往严重了说，这样韩姥那种扭曲的心态才能踏实一点儿。

他正在桌旁安安静静看一本书，那本书显然年代久远，估计是后来被人清理出来的，他拿在手里随便翻翻都带着脆弱的声响。

这房间里空空荡荡的，书架也没了，书都随便堆在桌子上，他像是随手挑了一本还算完好的出来，一直看了下去。

华绍亭穿了一件深灰色的薄绒上衣，于是连影子都透了灯光，虚虚实实没个分别。他抬眼看向她，那目光并不意外，他好半天才放下书，终究叹了口气说："裴裴，我就怕今天来的人是你。"

这一夜暄园里吵吵闹闹没完没了，他八成是突然醒过来的，但天大的动静也没能把他请出去。

裴欢僵在门口，走了两步又停下来，她这些天情绪过分压抑，这一夜又承受着莫名的恐惧，好不容易找到他，看见他平平安安坐在这里，她竟然不知道应该先说点儿什么。

她像只装满水的玻璃瓶，再不能有任何颠簸刺激，一见到他这双眼睛，这一腔强忍下的情绪像被人突然拔掉了塞子，瞬间倾泻而出。

这一时，裴欢连日来的怒和怨一起涌上来，又听见他那句话，冲过去就把他手里的书扔开了。

华绍亭向着她伸手，她不回应，盯着他气到手指发抖。

"裴裴，过来。"他看见她死活站着不动，有点儿无奈，他对她这脾气一向没办法，于是难得又软下声音说了一句，"这么多天了……我很想你。"

裴欢被他说得心里难受，反而更生气了，他说得容易，还知道已经过去了这么多天……她眼角发酸，千言万语拧成一股火，抿着嘴角执拗起来，就是不说话。

他只好自己走过来，刚一抱住她，裴欢的眼泪几乎瞬间就掉下来了，这下真连句利落话都说不出来了，连声音都忍不住，在他怀里放声大哭。

这一夜，裴欢是真被逼怕了。

她一路找过来给自己做好心理准备，把最坏的可能性全都想好了。她可能要面对华绍亭已经有了并发症，随时会昏睡过去醒不来的情况。她甚至一度开始后悔，今晚不应该得罪韩姥，这么偏僻的小镇医疗条件实在有限，万一华绍亭有什么事，她要怎么求对方放他们去找大医院……

裴欢不惜动摇自己心底所有的坚持，统统为了他，最后发现他平安无事，竟然还有心情在这里一页一页地看书。

她哭得眼前一片模糊，偏偏侧着脸不愿看他。

华绍亭由着她闹，一直不松手，最后她捂着眼睛，整张脸埋在他肩膀上，咬牙切齿地想说什么说不出。最后恨得没了办法，她发起狠来，张嘴像只急眼的猫一样，一口就咬了下去。

他也只好忍着，原本都是心疼，这一下倒被她逗笑了。

他一开始还能勉强装装样子，最后裴欢这幼稚的样子惹得他也忍不住，一边笑一边拍着她的后背，给她顺气，拿出这辈子全部的愧疚，软着口气哄她道："嘘……别哭了，这不是好好的吗？我和阿熙都没事。"

她不吃这一套，不管不顾，开口就跟他算账："行啊，华绍亭！你都安排好了，只有我是个例外，我今天确实不该来，你要干什么我都该当作不知道，最后等着那个女人通知我？"平常裴欢也有生气的时候，但两个人从来没真的吵过什么，她想着他的病，气到最后都是收敛的，以为再没有什么过不去的坎儿，但今天不一样，裴欢是真急了，一句一句带着刺甩给他："你成心只防着我，只有我找不到你，最后还是韩婼带我来的，华绍亭！你……"

她这委屈和气愤都混在一起，说着说着自己都没了办法，最后实在是哭累了，红着一双眼问他："你想干什么？你是要按敬兰会的规矩，扔下一家人，跑来暄园给她偿命吗？"

华绍亭看她这样自然心疼，等她平复下来，把她的头发都理顺别到耳后，那口气又淡了，说："当年的事对韩婼确实不公平，这么多年我也算收着她家的东西，所以我才来见她，但那些事早该入土了，她怨念重，非要翻出来报复，不能牵扯到你。我出来，把她引回这里来，省得大家麻烦。"

他亲了亲裴欢的额头，抱着她沉沉地叹气，关于他自己的过去，实在没什么值得一提的好事，所以过去不管谁来问，他都不愿提，早早想着避开她和孩子，如今她还是跑来了，他又觉得这样也好。

他的裴裴就是这么倔，他要是不在，她想哭都没个地方哭，左右都为难，于是这一刻他又和别人没什么不同，男人似乎天生找不到什么哄人的好办法，尤其他最怕裴欢哭。

华先生又能如何？现在的他还不是只能踏实坐着等，等她撒完气。

华绍亭把她的眼泪都擦干净了，看着看着觉得有点不对劲，于是他把一侧的灯光全都打开，仔细看她的脸，忽然沉下声音问她："脸上怎么了？"

裴欢愣了一下，揉揉脸冲他摇头，示意没事。华绍亭的身体情况不能随便动气，她绝不能现在刺激他，于是避重就轻，随口抱怨了一句："我能有什么事，我找不到你，一生气跟她打了一架。"

他定定地看她，裴欢对着这双眼睛不由有点心虚，赶紧缓和口气，跟他解释道："女人打架不就是扯来扯去的，都是胡闹，没什么事。"

她推开他往屋子里走，坐在床上，四处看了看，这一夜辗转，从沐城来到兴安镇，她什么也没准备，风衣里就穿了薄上衣和牛仔裤。

华绍亭想起她前两天还在发烧，于是拿外衣给裴欢盖住，她就缩着肩膀拉着他的手，剩一张脸还带着泪痕，抬头看他，这下总算笑了笑。

他看她的样子，知道她的感冒已经好了，于是稍稍放心。

裴欢什么都不想再争了，对着他千言万语只剩这一句："大哥，算我求你了，你千万……千万不能有事。"

这一刻，哪怕他们莫名被困在暄园里，只剩空荡荡的一间旧屋，什么都没有，她都觉得安心。

"我只担心你，其他什么都不重要。"她顿了顿，对着华绍亭又说，"你不用顾虑我，我来这里只是想和你在一起，不管发生什么我都不怕。"

他点头说："很快，我不急着走，是因为这两天韩婼总是刺激阿熙，不能把阿熙留在她手里。"

她想起隋远提前来到沐城的事，于是又问她："你本来想让隋远把笙笙带走，可现在他又被韩婼逼着来了暄园。"她说着说着喉间发紧，"我不该让孩子离开我。"他竟然笑了笑跟她说："隋远来这里是我安排的，这确实是临时起意，韩婼想知道我的病情，而且阿熙那边也不稳定，总要给暄园里找个医生，与其让她去找，不如叫隋远来。"他倒真放心自己的女儿，"不用太担心笙笙，她啊，比你厉害，现在有人照顾她，放心。"

她被他说得无奈，果真人人犯愁的事，一到华绍亭这里就都不算难，既然他不担心，孩子的事情上，他总该心里有数。

凌晨五点，天边微微泛了光，却还没有大亮，房间里的灯光已经被调暗，墙壁上的颜色经年透着灰，幽幽剩下一片暗蓝色的光。

裴欢渐渐感受到华绍亭手腕上一阵又一阵清淡的香气，这沉香的味道太过于熟悉，能将周遭统统揉在一处。房间里异常安静，连风声都停了，很快她就被这串香木的味道催着放松下来，浑身困倦。

华绍亭让她躺一会儿，他对这房间十分熟悉，显然过去曾经住过，他四处看了一圈，让裴欢放心。

她虽然累了，躺得却有些不踏实，于是他就坐到她身边去陪着，一直扣着她的手，轻轻拍了拍，她就定下心。

哭过之后的人总是很容易睡着，裴欢很快闭上眼，似睡非睡地平静下来，精神短暂放松，这一段积累下来的疲惫就瞬间占领了她的全部意识，总算凑合着歇了一会儿。

兰坊这一夜也不好过，朽院里的灯彻夜长明，大家都被折腾起来了。

从过完年开始，敬兰会和军方势力在叶城那边有所冲突，形势胶着。从清明之前那几天开始，事态逐渐失控，闹了快一个月，弄得人心惶惶，大家的日子都不算好过。

这几天谈判没谈拢，眼看控制不住，两边的势力随时可能在叶城发生冲突。兰坊虽然看着一如往常，格外沉寂，却恰恰是暗流汹涌的时候。

大家好不容易忍到了这一晚，没想到上边却突然偃旗息鼓，双方都没了动静。

以往华先生在的时候，谁也不敢轻举妄动，等到他人没了，敬兰会在陈家人手上摇摇欲坠，反倒让外人找到了清算总账的好时机。

陈屿要摆会长架子，终究不肯抛头露面，也不愿亲自去叶城，他人就留在兰坊遥控局势，但他悬着一颗心，一夜没睡，一直盯着叶城那边的动向。

快到天亮的时候，终于有消息传回来。

他这一代新提拔出的大堂主景浩办事最利落，对方急匆匆从外边接了电话回来，低声进来汇报道："会长，叶城的陆将军来话了，他家里有个重要的人失踪很久了，如果我们能帮忙把人找回去，这一段的麻烦就算过去了。"

陈屿双手撑在书桌上，想了一下皱眉问："陆将军？"

"是，不知道陆家听到什么风声了，突然跳出来拦住了叶城的冲突。他暗中联系兰坊，只要咱们找到人，上边和敬兰会的问题他可以出面帮忙解决。"

"我没记错的话，那个老家伙多少年没出来说话了，怎么这一次倒这么热心肠？"

景浩摇头，又说："会长，这次的事不一般，陆将军有个独子，几年前这个儿子出了意外，生死未卜，下落不明，陆将军派人翻天覆地找了好长时间，什么消息都没找到。"

说是事故，其实那次的事也不完全是意外。他儿子在外边惹了事，开车在山路上被人追上了，本身生还概率不大，但偏偏生不见人，死不见尸，哪怕找到尸首也算是个交代，可几年下来，愣是什么都没找到。

陆家传到下一代就剩这么一个孩子了，做父母的自然心里死活不肯释然，怎么都不相信儿子已经不在了，于是坚持要找，一直没放弃。

陈屿思前想后没琢磨明白这事和今年的冲突有什么关系，他作为会长，从来没和叶城陆家有过交情，所以他问景浩："所以他是想找他儿子？为什么突然找到我们？"

而且陆家人失踪已经是几年之前的事了，当年都不来找兰坊里的人帮忙，为什么今年又来联系敬兰会？

景浩看了一眼四下，让前厅里留守的下人都退出去了，一时只剩下他和会长，他才开口说："陆家是今年清明的时候才得到了确切消息，当年陆将军的儿子出事之后，是被敬兰会的人救走了。他们这几个月恐怕一直在想办法找，但没有线索，最后陆将军没办法，才联系到我们，说是请我们帮忙，其实就是管兰坊要人来了。"

陈屿猛地看向他，明显十分震惊。

"陆将军的儿子叫陆远柯，现在基本确定，陆远柯人就在敬兰会，但不知道具体下落，也不知道为什么他被救之后却一直没回家，总之，整件事发生的时候……"景浩顿了顿，打量陈屿的神色，小心斟酌了一下用词才继续说，"那会儿华先生还在，所以这些细节的事，我们可能不清楚。"

陈屿斟酌着没有马上做决定，他显然也明白过来，这件事恐怕牵扯极深。

陆远柯在叶城出事，被敬兰会的人救走，可能是偶然，也可能另有所图，但不管当年救人出于什么原因，这几年下来，敬兰会的人一直扣着他，到底为了什么？

最关键的恐怕不是他们这么做的目的，而是到了今年形势微妙的时候，又是谁把消息放出去的？叶城陆家一旦知道儿子的下落，必然找上门来，虽然看似是为了帮敬兰会扭转局面，但……

陈屿有些焦虑，事情突如其来逆转，转机出现了，可是他却犯了难。

他并不知道陆远柯被谁救了，也不知道陆远柯藏身在什么地方，整件事他当年没有参与，如何帮忙？

景浩替他分析道："会长，陆远柯是将军的独子，身份特殊，他被救之后这种事一定会报回兰坊。我猜测当年海棠阁里肯定有消息，华先生虽然不在了，但我们或许可以问问华夫人。"

陈屿心里一动，这几天裴欢正好在丽婶那边住着，他马上让景浩去请。

偏偏所有的事都这么巧，景浩人还没走出朽院，丽婶却不请自来，火急火燎冲了进来。

裴欢从下午出去之后就跟人离开兰坊了，这么冒险的行为没有留下任何吩咐，到现在也没有消息，丽婶急着要见会长。

她有办法找到暄园。

这一晚果然难熬，漫漫长夜，无数梦中人惊醒，天终究还是要亮了。

裴欢还真的睡着了，睡得迷糊之间，忽然听见一阵咳嗽的声音，她一下子又醒了。

她一睁眼，先看见房顶上的影子，那是古建才有的房梁，她瞬间有点恍惚，有那么一时半刻，以为自己回到了十年前，依稀还是在海棠阁的时候……

耳鬓厮磨，他们日夜相守那十年，真是最好的十年。

裴欢眼角湿润，彻底清醒之后猛地翻身坐了起来。

天完全亮了，这地方虽然不是兰坊，但四下装饰也都是旧式纹路，一扇挡风的窗户上面有菱形的纹路，于是在地上透出一片灿烂阳光，她突然看过去，一下子被晃得发了蒙。

睁眼之间，日夜交替，房间里四下终于清楚了，这确实不是海棠阁，这里的一切都还是二十年前的陈设，老旧的收音机和挂钟被擦拭一新，但屋顶上已经露出了砖块，迟迟无人修葺。

欲盖弥彰，这园子四处都充斥着不合时宜的修整，一座枯坟偶然冒了新的枝桠，也不代表真能起死回生。

裴欢回头找华绍亭，发现他站在窗边一直在咳嗽，好像有些喘不过气，于是她赶紧过去看他的情况。他摇头示意自己没事，裴欢盯着他的脸色，又问他这几天停药后的感觉，越看越觉得他气色不好，心里着急，非要出去找隋远。

华绍亭把她拦下来，裴欢急归急，也知道隋远来了估计也没办法，这园子里什么检查设施都没有，韩婼困着他们，无形之中就在加重华绍亭的病情，他最耗不起的就是时间。

华绍亭自己却很坦然，他看她醒了，就顺手把窗户推开。

今天外边是个灿烂的大晴天，院子拐角的地方种着一棵楸树，虽然没人修剪，但雨水足够，总能顽强生长。

这树是过去流行的树种，几十年前的大宅院里如果能种上三两棵楸树，总被视若珍宝，只不过现在这时代没人喜欢了。

他微微皱眉，一起身胸口一阵绞疼，于是他避开裴欢的目光，走到窗边打量那棵树，慢慢忍了过去。

他和她讲起过去的事："老会长让我来这里养病，住了两年吧……我搬来的那年才十几岁，我记得当年暄园门口都是这种树，满满种了一排，一到枝繁叶茂的时候成了一片树墙，特别漂亮。"

华绍亭从凌晨时分一直守着她，看过的书就放在枕边，裴欢随手拿起来翻了翻，正好看到一段话。

"谓林属于山曰麓，尧使舜入林麓之中，遭大风雨而不迷。"

四千年前，尧打算将帝位传给舜，但又放心不下，于是为了考验他，在一个暴风袭来的夜晚，尧吩咐他进入原始森林，看对方能不能顺利地回到自己的身边。那条路途格外艰险，进入的人需要具备坚强的意志力和惊人智慧，而且一路上要不停披荆斩棘，甚至对付猛禽野兽，但是最终舜成功了，因此，才有了日后的一切。

这故事虽然简单，但流传千年必然有它的价值，无论天下大事还是日常琐碎，依旧遵循了这样的旧理。

一到白天，园子里的一切看得清清楚楚，无所遁形。

华绍亭转过身，发现裴欢在看那本书，于是顺势就开口跟她说："我当年就看过这些话，以为老会长给我的考验和它是一样的。"他显然有点自嘲的意思，"当时也是岁数小，我也犯过傻，尤其那个年纪的男孩心气都差不多，我看到书上记着这种话，就觉得自己肩上担负着太多使命。"

后来华绍亭如愿以偿，等到他真的身居高位之后才真正明白，所谓的使命感，不过都是人为了取舍，故意给自己找来的借口而已。

所以他才总说，路都是人选的。

华绍亭能有今天，也是做过取舍才换来的，他一向是个极其强势的人，却唯独在这方面例外，他不替任何人为自己的前路做决定。

学会对自己负责，是人生最重要的一课，每个人过去都有阴暗面，坦然面对来时逆旅，才能不丢了前路方向。

裴欢把书替他收起来，起来挨个查看房子里的东西，那些过去的旧物太久没人用，收音机已经找不到现行频率，她给它通上电，按了半天也没有声响。

她玩了一圈有些感慨，突然想起什么，又看着他问："我已经知道水晶洞的事了，韩姥是不是一直住在这里？我让丽婶帮我打听过，她说曾经有过传言，但谁也不确定是不是真的，私底下传过老会长有私生子被藏起来了，一直没露面。"

甚至没人知道那孩子是男是女。

华绍亭点头，说："我来之前，韩婼从来没离开过兴安镇。"他告诉她，那座水晶洞除了形态巨大之外没什么特殊，本来不是名贵的东西，应该是暄姨早年家里人留下来的，已经不知道来历了，被人普普通通摆在暄园里当个装饰。老会长后来让人封存起来，因为暄姨自尽死在那东西之前，血溅当场，造孽太重。老会长上了岁数开始迷信，请人来看，说千万不能毁掉，只能供养起来，于是就把它原样仔细掩盖，雕成一座佛像，最后还从院子里搬开了，挪到了后院风水好的地方。

再后来呢……

后来的华绍亭见到了韩婼，对方性格阴晴不定，被限制自由而催生出不合年纪的暴躁脾气，一切的一切，可怜又可恨，但总不至于成为他的威胁。

所以，他刚住进来那段时间，确实想过用一些平和手段解决两个人之间的矛盾，于是对韩婼拿出过几分耐心。

可惜他忘了韩婼是个几乎不会与人相处的女孩，她其实根本不通人情世故，又刚好到了最莽撞年纪，她为了自己在意的一切，轻易就能豁出命去。

最后她也做到了。

天刚亮没多久，暗园里的下人客客气气送了早餐过来，摆在院子里。

廊下石桌清净，伴着四月天气，如果不是人人各怀鬼胎，这景象看起来只是故地重游，旧友相见。

天气这么好，华绍亭和裴欢把房间门打开了，两个人就在廊下坐着一起吃饭。

好不容易熬到一个大晴天，旧宅子里的寒气都散了，万物向阳，却有人偏偏要躲在阴暗的拐角偷窥，一直藏在楸树后边。

韩婼多年压抑，许多过去留下来的怪毛病改也改不了。她从年轻的时候就喜欢暗自偷窥华绍亭的一举一动，连带着如今明知道他有了裴欢，还要逼自己眼见为实。

华绍亭出来的时候余光就打量到树后有人，他知道韩婼远远站着，一直盯着他们这里，但他什么也没说，只当作没看见。

他扫了一眼韩婼的影子，伸手把裴欢拉到身边，坐下去的时候也一直挡在她身前，连看也不肯让外人多看。

韩婼就这么远远盯着他们，她看他们夫妻两个人相对而坐，不管什么时候都从容，一点也不像受人胁迫的样子。两个人不知道说了什么，她看见华绍亭总算把裴欢哄笑了，连他自己的脸色都显得缓和了不少。

人人都怕华先生，二十年来传言入了魔，最后把他的故事渲染得格外离谱，如今提到他的名字依旧让人噤若寒蝉，可他一到了裴欢面前，分明只是个普通人。

光阴之速，年命之短，世变无涯，人生有尽，身不由己，但爱这东西却是唯一无法掩藏的本能。

韩婼顺着树影一直看着她们，忽然看穿了，任何人，哪怕是华绍亭这种可怕的男人，看向爱人的时候，眼睛里的光都显得不一样。

他真的愿意把裴欢收在心里，于是做什么都有温柔的底色。明明他对谁都是居高临下的态度，一到裴欢面前就做什么都是忍让的。

她还看见裴欢的右手似乎不方便，袖子上不小心沾上了汤汁，华绍亭就亲自低头去给裴欢扣扣子，平平淡淡的几个动作，裴欢听话地不动，看着他笑，又凑到他耳边不知道说了些什么，低声笑，拉住他的手。

他纵容她的一切，乐在其中。

韩婼想起来二十年前，她也和华绍亭一起吃过饭。

那时候暄园还没有其他人，华绍亭吃东西需要格外注意，白天的饭都单独安排，到了晚上大家吃得都清淡，菜式上一般没有特意区分，所以只要他没有外出办事，韩婼就会和他面对而坐，一起吃晚饭。

那会儿华绍亭和其他人相处总是界限分明，当年他算是借住在她家的园子里养病，可是到最后也不肯和她吃同一个盘子里的菜。

晚饭时候，一张桌子泾渭分明，不管什么端上来都分两份。

那会儿韩婼还记得，自己总拿家里的下人出气，动不动就不想吃饭，非要闹上一场。华绍亭最烦她这样，吃饭的时候三番五次拿话堵她，最后惹他烦了，干脆直接把菜都推给她，韩婼才能消气，踏踏实实吃她自己那一份。

少年时代的华绍亭，整个人都透着冷清，那并不是简单的孤僻，而是一种刻意的距离感。他冷冷清清一个人来，一个人走，一个人看书，一个人养病，他不需要人陪，也不屑于浪费时间在任何人身上。

所以，那时候韩婼太着急，急着想离他近一些。

如今，韩婼真看不起自己当时那么卑微的心情，她恨不得天天惹事，华绍亭越不喜欢的事她越要去做，这样才能引起他的注意，她以为自己能用这种愚蠢的办法惹他多费几分心思，哪怕只有几分……都值得。

所以，后来他们每每偷着开车出去的时候，她都欣喜若狂，明明只是出去兜风，她都觉得近似狂欢。

这哪像正常人会做的事，不外乎都是驯养的宠物才生出这种可笑的行为。

此时此刻，韩婼看着远处这两个人，喉咙里一阵腥咸，翻涌着一切莫名其妙又可笑的情绪。

这样琐碎却又点滴珍贵的日子，让那个一向阴鸷淡漠的男人，终于活得像个凡人了。

她靠着那棵楸树几乎失了神，直到远处一阵碎裂的声音传来，她才反应过来。

长廊之下，华绍亭突然揪紧了胸口的位置，他皱着眉似乎说不出话，裴欢显然慌了，一起身过来扶他，直接把餐具都碰翻在地。

韩婼自然早早知道华绍亭病情不好，她偏偏想看他能忍到什么时候，她明知道这也是在自虐，却又克制不住。

裴欢送他回到房间，很快外边来了人，把隋远送了过来。

隋远一进来，正好看见华绍亭坐在床边上，裴欢趴在他肩头，浑身发抖，他抱着她不让她哭。

那动作难免亲密，隋远一时有点儿尴尬，又担心他的情况，于是进退两难，只能关上门站在门口处，一时之间也有点儿着急。

华绍亭倒无所谓，使了个眼色让他过来，做了个噤声的动作，让他看身后。

隋远自然明白了，他等到门外的下人都退下去了，才开口说话："你现在就是找死！突然停药，再拖下去随时可能会诱发急性并发症，这破地方连个正经医院都没有，谁也救不了你！"

隋远不是第一天认识华绍亭，他当然清楚老狐狸的硬脾气，他好话坏话说尽了，除了来来回回劝说对方尽快想办法回沐城之外，实在不知道还有什么办法。于是他气极了，直接说了重话："你找死我也管不着，我就是奇怪了，你又不听我的，干吗千里迢迢叫我过来！"

华绍亭总算把这一阵疼忍过去了，口气还算平稳，轻轻跟他说："本来裴裴要是没找过来，我来这里就是想在暗园里把事情解决，不用再牵扯沐城的人，找你过来是让你想办法把阿熙的情绪镇定下来，不然她一直情绪失控，不肯跟我回去。"

结果他最担心的事还是发生了，韩姥还是想尽办法把裴欢带了过来。

华绍亭在这事上坚持原则，不肯让裴欢涉险，不管是什么事，连碰也不能碰，凡是不干净的东西，绝不能让她看见。

何况他不能让裴欢冒险，万一韩姥急了指不定会对她做什么，现在他必须引韩姥离开暗园，任何矛盾和恩怨不能在这里解决。

裴欢知道他不舒服，于是再劝什么都是浪费时间，她只能压低声音拼命问他到底想做什么，无论他怎么决定，她都要和他一起。可华绍亭一个眼神沉沉望过来，她又全都明白，于是死死忍着眼泪，硬是不再拦他。

"裴裴，人要对过去的事负责，我也不例外。"他握紧了她的手，看着她眼角发红，揉揉她的脸，让她冷静下来。

隋远背过身，退后了两步，等在一旁也有些不忍。

裴欢低着头没说话，过了好一会儿才看向他，华绍亭缓下口气，又对她说："如果有万一，等事情了结之后，你去找一个叫陆远柯的人，他会保笙笙平安，你找到他就可以把孩子接回来，隋远知道他在哪儿。"

裴欢被他说得浑身一震，这么多年了，他们在一起不是没经过难事，但千难万险，华绍亭从没交代过这些话，过去他从来不说万一。

但现在不同，今时今日他们已为人父母，他有女儿，这一局就分毫不能出错，否则满盘皆输，他一定要把话都提前交代清楚。

裴欢手下掐着床边的木纹，一声不出，满腔的悲愤交加，偏偏一句话也不能再说。

华绍亭今天的唇色一直不对劲，隋远有点儿担心他心动过缓，要测他心跳。

他皱眉摇头，示意自己没事，又吩咐隋远道："你现在出去找韩婼，告诉她，你要马上送我去医院。"

隋远点头，但明显还有疑虑。

华绍亭没什么表情，并不解释，口气十分笃定："她不会放你去的，她一定会亲自跟我走。"

隋远虽然不太明白，但也只能答应下来，赶紧出去了。

外边有了动静。

毕竟隋远也在敬兰会里锻炼了这么多年，尤其跟在华绍亭身边，耳濡目染也学会了演戏的基本功，他这一出闹得十分像样，吵吵嚷嚷就去找韩婼了。

只有西边他们这处房间里显得格外安静。

裴欢伸手拉住华绍亭，看着他的眼睛，再开口的时候，声音颤抖着带着全部的哀求，终于还是没忍住叫他："大哥……"

华绍亭那双眼突如其来沉下去，终究带了情绪。

他抚着裴欢的头发叹了口气，最终还是问出口："如果最后只剩你一个人，裴裴，你能不能陪孩子长大？"

裴欢再也忍不住，甩开他的手真的急了，可他不肯放，又把她拖回来，一直抱在怀里。

裴欢挣扎着没了力气，靠在他胸口干巴巴地忍着眼泪，她和自己较劲，死活不肯哭。

哭又有什么用，华绍亭从来一意孤行。

今生她既然选择和他在一起，永远要面对这种情况，她好几次都以为自己忍到麻木了，事到临头，却发现这一切对孩子太过残忍。

裴欢终于在这一刻明白了，为什么过去华绍亭明明喜欢孩子，等到她怀孕了，他却并不高兴。

如果真有这么一天，她本来可以干脆和他一起走，这辈子就这么了结，不枉费轰轰烈烈爱一场，如今却不行。

她不能这么自私，笙笙还是个孩子啊……

他们的女儿那么小，假如有一天孩子没了父亲，裴欢不可能让她再失去母亲。

裴欢听着他的话心如刀割，真是字字句句逼她直视自己最脆弱的一面。

她甚至有点儿不敢细想，此时此刻如果她再有分毫动摇都要崩溃，于是她就这么狠狠地掐着自己的手指，硬逼自己点头，半天才哽咽着勉强说出一句："好。"

华绍亭抱紧她，吻在她头上，许久之后才开口道："就在这里等我，别出去，不管发生什么事，别听别看，等我回来。"

裴欢静静地闭上眼睛，幽暗的沉香味也盖不住她的慌张，明明一颗心都被揉碎了还要碾出血来，可她不能让他有顾虑。

她一点一点把血泪辛酸咽回去，放开手，再一次答应他。

第十五章 · 地狱人间

兰坊那条街难得在白天有了动静。

今天似乎有什么特殊的事，天没亮开始，无数辆车已经出来分头行动，都是为了找人。

会长凌晨时分见了丽婶，出来后马上安排景浩去想办法，一定要找到陆远柯的下落，这样才能解决叶城的冲突。

私下里，他又避开其他人亲自出了沐城。

眼看就要翻天覆地，风口浪尖上的人自己却不自知。

陆远柯刚来沐城不久，有人给他安排好了房子，一套三居室，宽敞自在。

四月，春暖花开，他刚刚睡醒。

一切难得惬意，日子如此顺遂，只不过稍有一点点瑕疵。

他这个星期有个重要人物需要亲自照顾，远比他这两年接到的任务都要头疼，他要负责保护一个七岁的小女孩，直到她的父母平安回来把她接走。

陆远柯这些年一直和隋远做邻居，具体原因说来可笑，他自己也不清楚。他过去出过车祸，撞坏了脑子，最后他沾了隋大夫的光，千辛万苦才被救回来，伤好了能活动了之后，他什么都不记得，全都是隋远唠唠叨叨告诉他的。

他现在知道自己的名字，但从来没想去找关于这名字的来历。因为从他醒过来开始，一直都是敬兰会的人在照顾他，所以，他自然认为自己没有什么清白身家，他当年没有地方去，也就一直待在敬兰会里。

原本他的任务是在叶城暗中保护隋远，因为对方毕竟做过华先生的私人医生，指不定什么时候就被人盯上了，但其实那家伙平常就是个大夫，每天混在医学院里，压根也没遇上过什么真正的麻烦。

这两年实在太平，陆远柯就简简单单做隋大夫的好邻居，没想到几天前隋远回了趟兰坊，刚折腾回家，屁股还没坐热，突然又被人带走了，临走事情紧急，隋远就把一个小女孩托付给了他。

陆远柯本来不太想管这件事，虽然他记忆缺失还没完全恢复，但常识总还是有的，小孩恐怕都不太好哄，尤其七八岁正是没命闹腾的时候，但后来他还是答应了。除了报答敬兰会的救命之恩外，还有人传话给他，只要他能照顾好这个孩子，给他的回报条件十分诱人——他从此可以彻底离开敬兰会，如果他想找到家里，兰坊也可以出面，帮忙送他回去。

陆远柯不太关心回不回家的事，他什么都不记得了，而且当年他是在山路上被人追杀出的事，恐怕他所谓的"家"，也不会有什么好来历。敬兰会的人一直对他的背景讳莫如深，他也就干脆让自己想开一些。

鬼知道他过去是好人还是坏人？万一他是穷凶极恶的亡命之徒，想起来了生不如死怎么办？

人嘛，及时行乐，既然还能捡回一条命，就不用太在意原因了，他只要眼前生活过得去就好，并不想为难自己非要找到过去的记忆。

只不过这一次，"自由"这个条件实在诱人，他只要帮忙当几天保姆，从此再不用管敬兰会那些烂摊子，这个交换条件很值得，所以，陆远柯就认命地答应了。

他第一天见到那个小女孩，发现她有一双很漂亮的眼睛，虽然年纪不大，但那眼睛却让人印象深刻，总是定定地盯着人打量。

他如约带着这孩子回到沐城，两个人找到安全的地方住了下来。剩下要做的，就是等隋远办完事，回来联系他们。

今天早上起床，陆远柯一出房间，就看到那位小祖宗自己坐在客厅里，小女孩离开父母，每天不但不哭不闹，反而比他还平静。

笙笙刚见到陆远柯，有点儿陌生，起初两三天有点防备，不太和他说话，后来渐渐也不怕了。

陆远柯独来独往，他是一个没有过去的人，自然不会照顾人，这几天带着她总是手忙脚乱。他们刚回到沐城那天晚上，陆远柯连地址都认不清，笙笙在这里出生长大，自然比他认路，一路都是她按地址找方向，和他一起找到这处地方住下来。

他问她叫什么，她只说叫笙笙，连姓也不肯透露，再问她父母呢，她也不提。陆远柯知道这肯定是敬兰会里哪一户的孩子，这可真算后继有人了，虽然是个小女孩，可她才多大，嘴就这么严。

如今，陆远柯一看她在客厅等着吃饭的样子就明白了。

他走进厨房，果然，笙笙又把早饭要吃的东西都准备好了，她自己从冰箱里拿出牛奶和面包热好，又把鸡蛋和培根都放在锅旁边。这个意思很明显，她要吃荷包蛋和煎培根，但她不会，就放好自己需要的东西，等着他来做。

也不知道这孩子的脾气像谁，时时刻刻都记得把自己照顾周全。

陆远柯就认命地帮她做了早饭，端过去两个人一起吃，笙笙这几天很听话，也不挑食了，乖乖地跟他说："谢谢陆叔叔。"

陆远柯听着别扭，不由回头去照镜子，怎么看自己都天生占了一张娃娃脸的便宜，明明显得很年轻啊，怎么都到了做人叔叔的年纪了？

小姑娘一边吃饭，一边伸手去打开 iPad 四处看消息，他觉得有意思，于是提醒她说："傻不傻？你不用找，兰坊那边如果真的有事，新闻也不可能马上报出来。"

笙笙看了他一眼没说话，过了一会儿才说："我是看看我家小区有没有出事，家里只有林爷爷在，我担心他。"

原来她是怕自己家里有变故。陆远柯不愿看一个孩子为难，于是想着换换话题，分散她的注意力，他看了一眼时间，才早上八点钟，于是随口问她："你不喜欢睡懒觉吗？"

这个年纪的小孩正是赖床的时候，哪有天天起这么早的，他几天接触下来觉得意外，这孩子作息时间特别规律。

笙笙慢慢地喝牛奶，她找不到什么有用的消息，就随手滑着屏幕打开一个游戏玩儿，过了一会儿才抽空抬头，看着陆远柯说："小时候我住在福利院，大家都是这个时间起来，不起来会有惩罚。"

她的目光很平静，看着心情也不错，但她冷不丁说出这话来，又让陆远柯心里有些别扭，这孩子举手投足看着绝不是普通人家的孩子，但估计也因此从小遭了不少罪。

　　陆远柯没养过小孩，一时也不知道该说点儿什么，想要安慰她，又看她似乎也不需要人哄，她很快投入到一个拼照片的游戏里，于是他也只好作罢。

　　笙笙玩的那个游戏其实挺无聊的，从陆远柯第一天见到她开始，她就一直在玩儿。

　　类似拼图游戏，不过一般给小孩玩的拼图都做得很花哨，而她这个游戏完全就是把自己本地的照片做成拼图，操作简单，单纯是哄小孩去拼。

　　她带着的 iPad 里没保存过什么特殊的照片，不外乎就是她和妈妈的一些日常合影。

　　陆远柯一边吃饭，一边觉得她好像很喜欢玩这个，于是为了讨她高兴，和她商量说："这样吧，我给你下几个别的玩，闯关游戏，赢了有奖励的那种？"

　　笙笙不让他乱动自己的东西，一把抢回去，低头跟他说："不要，我就玩这个。"她说着说着好像觉得自己有点儿不礼貌，又明白陆远柯是好意，于是冲他笑，意思就是谢谢他。

　　"为什么啊，就那么两张照片有什么好拼的，你玩得我都快背下来了。"陆远柯凑过来跟她一起看，忽然又问她："对了，你爸爸呢？这些照片里都没有爸爸啊。"

　　本来气氛好好的，他这么一问，笙笙突然有点儿戒备了，她把手里的 iPad 反扣过去，游戏也不玩儿了，警惕地看着他说："我只有和妈妈的照片。"

陆远柯完全不明所以，不知道自己说错什么了，眼看笙笙有点不高兴，他为了获取小孩子的信任，只好去翻自己口袋，把大衣暗兜里的东西拿出来，递过来给她看。

那也是张好不容易留下来的照片，他当年出事差点儿车毁人亡，一条命虽然救回来了，但其他东西也都毁了，唯独留下这照片，据说他一直贴身而放，应该是极其珍视的合影。

那照片是用几年前最流行的拍立得照出来的，上边显然是他和一个女人，能看出来他们关系亲密，所以他一直随身带着，只不过车祸事故严重，照片损毁很厉害，只剩下两个人的轮廓。陆远柯被救之后，曾经想办法找人复原，但恢复之后的照片也还是模糊不清。

他只知道那是个妖娆漂亮的女人，仅凭模糊的轮廓他都能感受到对方风情万种的样子，可惜没有更多的细节了，如今他什么也想不起来，他不知道她是谁，也不知道自己应不应该去找她，更不知道要上哪里找……

不过这些统统不重要，这照片依然是他最重要的东西，证明了他的过去，这是如今他和过往唯一的联系。

陆远柯很大方地把照片拿给笙笙看，跟她说："来来来，小祖宗，咱们来交换，这是我最重要的东西，都拿出来给你看了，你也不用再防着我。"

笙笙盯着那张残破不全的照片半信半疑，又侧过脸看看陆远柯，她那认真的样子分外可爱，于是把陆远柯逗笑了，揉揉她的头说："我分享了自己的秘密，礼尚往来，你是不是也应该告诉我一个？来，给我看看你爸爸。"

小女孩慢慢地把手里的 iPad 翻过来，它里边的相册还真的没有存过他们一家人的照片，她给陆远柯打开滑动着看，有点儿无奈地说："我没有爸爸的照片。"

她仰起脸，突如其来有些难过。

陆远柯看见笙笙的样子，觉得自己可能误会了，他想这孩子是不是根本没见过她父亲？他今天非要问，岂不是勾起了小孩的伤心事。

这下他犯了愁，琢磨着带孩子果然是个辛苦活儿，谁家没有点儿伤心的事呢，何况是敬兰会里的人家……他只能再换个话题，还没等他琢磨出来，一旁的小女孩忽然伸手过来，拿过他那张复原的照片慢慢地看。

她用手小心翼翼地摸了摸，似乎很是羡慕，又和他说："我想爸爸的时候就玩拼图，拼我们的照片……希望有一天，也能有爸爸和我们在一起的。"

陆远柯终于明白过来，她是希望能有一张和爸爸的合照。

这下他觉得事情简单多了，不管他们家里有什么难处，但孩子有这点心愿总不算难事吧，于是他嘴上顺口安慰她说："没事，再等两天，等他们回来接你，我帮你们拍。"

笙笙摇头，但什么也没再和他说，很快拿着牛奶跑到沙发上玩去了。

陆远柯看着她，手下忽然一顿，他想明白她的意思之后反而有点儿惊讶……她父亲究竟是什么身份的人，从始至终，连一张合影也不能留下？

窗外的阳光透过薄薄的窗纱照进来，客厅里十分暖和，笙笙趴在沙发上，软软的头发散开，迎着光线眯起眼，活像只柔软的小动物。

陆远柯收拾完桌子，一点儿也不知道自己现在成了敬兰会最着急要找的目标。他今天心情不错，哼着歌问笙笙说："在家闷了好几天了，看着也没什么事了，我带你去公园吧。"

小女孩不说话，还在玩游戏。

他觉得没劲，过去戳戳她的脸说："哪有小孩不喜欢出去玩的啊？走吧。"

她觉得有点儿晒了，挡着脸躺回沙发靠背之后，于是又逆着光看陆远柯，跟他说："不去，你也不要出去。"

"为什么？"

笙笙很是认真地看着他解释道："外边肯定有人在找我们，你和我都很重要，不能乱跑的。"

陆远柯这下真没办法了，他实在闲得发慌，于是只能打开了电视，还不忘嘲笑她说："哎哟，你还知道不能乱跑……虽然我不认识你父母，不过你确实很重要，我就无所谓了，我连自己是从哪儿来的都不知道。"

一个人如果不知道自己是谁，那种痛苦远非常人能想象，好在最终他想开了。

陆远柯开始看娱乐节目，笙笙嫌吵，过来抢他手里的遥控器，把声音调小，最后才小大人似的拍拍他的肩膀，跟他说："放心，我爸既然能把我托付给你，那就证明你一定是个非常重要的人。"

笙笙说的是实话，不管人生如何洒脱，人一旦有了孩子，逃不过凡事要为子女筹谋。

这道理以前华绍亭真的无法感同身受，他有严重的遗传病，以为自己这辈子都不会有孩子，没想到老天竟然还能把笙笙带给他。

所以二十年后，同样在暄园的后院，华绍亭再一次和韩姥开车出去的时候，心境完全不一样了。

隋远一早上起来就跑去演了一出大戏，医者父母心，涉及人命关天的事绝不能儿戏。他把这大道理给韩婼讲了一遍，韩婼果然如华绍亭所说的那样，决定亲自送他去医院。

华绍亭还是坐在副驾驶的位置上，他一直按着胸前的位置，某种尖锐的疼痛感倒也不是装的。

他自然是算准了韩婼还想和他一起开车出去。

韩婼一直盯着看他的脸色，一时半会儿也不急着把车开走，两个人就在车里这促狭的小小空间之中，分明像是回到了当年。

她仔仔细细看他，这男人其实真的没怎么变，年轻的时候他也这样带着病，脸色总比其他人都要浅，开口说两句话，中气不足的样子。只不过那时候他们同龄比肩，如今华绍亭坐在这里，依旧咫尺之间，她反而看不清了。

二十年的距离实在太远，远到韩婼看着华绍亭竟然有些失神，不由自主说了一句："我昏迷了很久，两年多之前突然醒过来，那时候只想找你，可我出不来，昏迷了太久连路都走不了，后来能动了，又听到你病故的消息，人人都来跟我说一遍，说到后来我差点就信了，以为你就那么死了。"

她的声音发颤，说到"死"这个字的时候，顿了又顿。

华绍亭胸口憋闷，实在没工夫给她什么回应，他并不关心韩婼是怎么死里逃生，又是怎么出现的，他好像说话都很费力气，只是淡淡地笑了一下，靠在一侧的车窗上，侧过脸跟她说："我怎么样其实不重要，重要的是你不死心。"

所以，就算听见华绍亭病逝的消息，她依然四处打探消息，依然想尽办法，不惜挖坟掘墓，发誓要把他翻出来。

他摇了摇头，那样子竟然是在替她可惜似的，问她："你想从我这里得到什么呢？韩婼，二十年前我就问过你，那时候你说要自由。"

韩婼握着方向盘，他们现在就停在后院的停车场里，但她一直也没决定方向。

只不过华绍亭很清楚，韩婼想和他开车出去，却不会真的送他去医院，他今天逼她出来也并不是这么简单，他们两个人的立场从始至终都对立，半生过去，依旧重蹈覆辙。

韩婼苦心筹谋找到他，找到裴熙，还找到了他如今的爱人，所有故人一一重逢，这一段风波早晚要落幕。

她千辛万苦重新从旧日阴影里走出来，仿佛只为了这一天，只为了能再次和华绍亭坐在同一辆车里，同一个起点，同样没有目的，径自疯狂开下去，开回到二十年前那一天。

韩婼还记得，那天前一晚也下过雨，所以早上一起来，整座暄园都湿漉漉的，氤氲出一片腻人的雾气。

那是她最讨厌的天气。

那段时间，韩婼过得如同梦魇，几乎不记得每日是怎么浑浑噩噩熬过来的。她知道自己和华绍亭只能留下一个人，就像被灌了慢性毒药，即将丧失全部感官，却又什么也说不出来，偏偏不能求个利落。

她被恐惧感充斥，怕得睡不着，头顶悬了刀，于是只能跑去整夜整夜站在华绍亭的窗下，可惜思前想后，一切无解，她并没有什么好办法。

后来早上天亮，华绍亭醒了之后走出来，一如往常，连看她的目光也没变，她一向古怪守在他窗口，他似乎也早就习惯了。

那是他们最后一次一起吃饭，韩姞一直像只刺猬一样，心神不定，一顿早饭什么也没吃下，反倒是华绍亭口气平淡，趁着四下无人的时候，轻声点破了她的焦虑，直截了当地说："你也知道现在的形势，我要敬兰会，你呢？你要什么？"

韩姞没想到他这么轻易就把这事说了出来，让她手里的汤匙拿都拿不住，整个人都愣住了，很久都不敢看他。

她本来做过打算，想豁出脸面来劝他，眼下兰坊来人苦苦相逼，那只有一个办法，就是他们一起逃出暄园，但华绍亭突如其来的问话，甚至没等她开口就先把一切结束了，他要敬兰会，所以，韩姞的办法就显得格外自作多情，连她多日来的痛苦也只是一出愚蠢的独角戏。

华绍亭没有半分面对死局的样子，他那一顿清粥小菜吃得格外顺畅，丝毫不挂心。

韩婼绝望至极，对着他那双波澜不惊的眼，如同含着一口滚烫的开水，咽不下吐不出，最后她顾不上再想其他，只剩嘴硬才可以挽回颜面，于是韩婼暗中要求道："自由，我要离开暄园。"

从此她不再拦他的路，江河湖海，各有各的归宿。

韩婼从小被监视，要彻底摆脱旧日阴影，合情合理，华绍亭自然会答应她的条件。他想得到敬兰会，就必须要走一条通往权势顶峰的捷径，那韩婼也确实需要消失，以至于他必须做一番取舍安排，暗中想办法把她送走。

那天华绍亭费心安排，和她约好，让韩婼天黑的时候去后院，他会安排让人都避开，她只需要在那条通往停车场的小路上等待，他会送她离开兴安镇。

这看上去真是一番天衣无缝的分别，只不过人这一颗心总比想象中要硬，她也比自己想象中更执着。

比邻而居，不过两年而已……她以为自己真能拦得住他。

那日子估计已经到了秋天，天渐渐黑得早，过了下午六点，院子里明显暗下来。

韩婼为了避人耳目，当天特意早早吃了晚饭，她特意挑了还是饭点的时候行动。下人忙碌，于是院子里的灯光还没点亮，她趁着这一间歇，一路溜到了后院。

通往停车场的路与后院有道铁门相连，她避开人推门出去，独自等在那条小路上。那地方多年只出不进，吃饭的时间也不会再有其他人。

那天一切都格外顺利，韩婼满心焦急，走得很快，随身什么也没拿。她在这院子里出生，又活到十八岁，突然要逃走，终生不回，她也毫无留恋，以至于走到铁门边，她忽然看到门边放着那座水晶洞，脚步也根本没有停下，多一眼都不想再看。

够了……韩婼真的受够了。

不知道是哪位大师的说法，对方看过园子的走向之后，非要建议大家把水晶洞挪到后院这种地方，结果造成这么一座巨大的石头靠着铁门，黑漆漆的在夜里透着古怪。

韩婼一心只想赶紧见到华绍亭，她甚至想着，只要他能送她先离开兴安镇，她还有一路上的时间，劝说他跟自己一起走。

那时候她才十八岁，人生的路一步都没有踏出，也没有资格回顾自己的一生。

她不知道每天睁眼，每句话、每条路的方向都可能让生活沧桑巨变，她无法预知下一秒风云千樯，于是痴痴地站在艰难的分岔路口做出选择的时候，还以为那不过又是沉闷平和的一天。

当年的韩婼怎么也想不到，那天晚上她最终没能走出停车场。恰恰是她脚下这条最让她厌恶的湿滑小路，成了她前半生最后见过的画面。

韩婼看向停车场，心里十分平静，环顾四下，记得把自己小心地藏在阴影里。

她只记得这条小路是单向道，只出不进，却忘了那也就等于她是站在一条死胡同的尽头。

车灯明晃晃向着韩婼照过来的时候，她脑子里嗡的一声全乱了。

她所在的这条路最多一辆车的宽度，而出口处的停车场里竟然有车故意掉头进来，笔直冲着她而来，分明就是想要撞死她。

事态骤变，韩婼前后几乎只剩下十几秒的反应时间，人在危急关头必然拼命想法自保，她下意识地冲到那扇铁门旁边，想要躲回后院去。

很快她就发现那扇门竟然推不动了，黑暗的后院里有人冲过来，眼睁睁在她的哀求之中飞快给门上了锁，让她退无可退，等同于彻底把她送上了断头台。

她就这样被困在一条死路里，从头到尾，这都是场死局，只有她不自知。

华绍亭是什么心性的男人，她相处两年都看不清。

她看着华绍亭的那辆车开过来，连喊都来不及喊，最后那几秒，已经毫无逃生的办法，只能拼命贴着墙壁徒劳地想把自己藏起来。

确实是他，握着方向盘的人真的是他。

那双眼她至死不忘。

韩婼眼前只剩下刺眼的光亮，什么都看不见了，她濒死之际意识错乱，在巨大的撞击声之中竟然诡异地听见了猫叫，她被冲撞得侧过脸，最后的最后，她倒在地上，眼前天旋地转，只看到了那座水晶洞，她看见那东西后边，竟然藏了一个人……

她终于知道，地狱往往就在人间。

这就是二十年前华绍亭的取舍。

那之后呢？华绍亭为自己成功上位而铺路，果真对得起老会长一番栽培，心狠手辣，只需要简单利用人心设个局，轻易就解决掉了地位尴尬的韩婼。

说到底，当年老会长为了平衡各方势力，不可能突然认下韩婼，带回兰坊见人，但因为早年他自己又当着所有人的面承诺过暄姨，他对自己这个没有照顾过一天，也不想认的私生女有所顾忌，所以这事交给华绍亭暗中解决，再合适不过。

只有韩婼什么也不懂，一头撞了鬼魅，轻易被他迷了心窍。

从她听华绍亭说他自己选了敬兰会那天开始，她就该明白，于他而言，她实在连块绊脚石都算不上。

二十年后，他们坐在车里，身后还是那条路，一场大火算是把两侧原本规规矩矩种着的植物和可燃的东西都烧得差不多了，通道还是那么窄，石头的围墙也勉强还在。

他们这两个怪物果真都活下来了，来时这出戏算是写得血雨腥风，但说穿了，所有开篇不外乎适逢其会，猝不及防，眼下他们也算是岁月人心的幸存者。

韩婼回想起过去，情绪起伏不定，她还勉强笑着跟华绍亭说："都是你出的主意吧，事后让人放把火，再把痕迹烧干净，你恨不得我赶紧化成灰，最好连块骨头也别留下。"

她想起来过去可怕的经历，身上隐隐作痛，几乎有些控制不住泛起恶心，事到如今，她依旧无法相信，人心肉长，独独华绍亭，他怎么会有那么狠的心。

"哪怕你觉得我连个朋友也不算，可我那些年对你……"她咬牙切齿，双眼忍到通红，瞪着他说，"我从头到尾没想害过你，我也不想要敬兰会！"

说什么都晚了，他当年已经做过选择，拿她当垫脚石为自己铺路，如今又回到了一切开始的地方。

华绍亭抬眼顺着后视镜打量那条小路，一时也没有说话，不知道在想些什么。

他看见那条路被烧之后过了这么多年，荒草丛生。旧日里不管发生过多恐怖的事，时间自然会做清算，什么也不留下。

而身边这个人呢，可怜可悲，起死回生又被人利用。

他再次开口，把话越发点透了，难得看在过去的事上，多了三分耐心，他说："韩婼，你只是单纯恨我，却根本不知道怎么才能报复，所以有人利用了你的心情。"

她好像突然急了，猛地发动了车子。

华绍亭换了个姿势坐着，转脸看向她，开口说的却是另外一件事，他告诉她："为人父母的心情，我也是这些年才明白。"

韩婼冷着脸不接话，固执地往前开，她终究缺失了二十年的时间，虽然清醒过来，到底还是十八岁的心气，当年她没能和他走出去，于是现下这一时片刻，她非要和他离开暄园才罢休。

她身上和嗓子都烧坏了，死过一次的人，还能活多久她早就不在意了。

韩婼听着华绍亭突如其来的这句话，倒也觉得有意思，于是冷淡地笑道："也好，为人父母……学学我母亲，咱们两个怪物死在一起，你就能保住她们了，也算是个好的结局。"

她说着说着有些癫狂地笑，车一下加了速。

华绍亭定定地看着她，突然目光冷了，他微微侧过身，一双手突如其来扣在韩婼手腕上。

她真的怕他，一个差点儿残忍地害死她的人，她自然从骨子里怕，所以，她几乎把全身的力气都用在了手指上，死死地握紧了方向盘。

华绍亭的目的本来也不想让她松手，他从来不是个用蛮力的人。

于是他倾身过来，几乎紧贴在韩婼身侧，她的心思一下乱了，手下不由一拐，连带着车也在停车场里开得画了龙。

她第一次这么近距离面对他，空间狭小，于是华绍亭身上一阵微妙的香木味道突如其来，占满了她的全部感官。

韩婼不知道他要做什么，但她熟悉他这样的目光，冷到人心里发寒，看着她，像看着已经被盯死的猎物……命在旦夕。

她抬起手肘想把他撞回去，但她这两下除了惹得他有些不耐烦之外，并没有什么实际效果。他按下她的胳膊，反手扣紧了她的手腕，手下的力气大到不容反抗，轻而易举就把她的手又原封不动压在了方向盘上。

韩婼整个人从头到脚都在发抖，冷汗瞬间打透了一袭长裙。

她咬着牙想要把手抽出来，但华绍亭不想让人做的事情，谁也做不到。

华绍亭完全借她的手控制着方向盘，眼看车就要开出停车场驶离暄园了，他突然迅速掉头，直接逼她把车绕了回去。

韩婼发了狠和他厮打，却动弹不得，突然又想起什么，猛地抬眼看他，华绍亭离她太近，这一时片刻几乎成了他们今生最近的距离……

可惜有些人生来无缘，这二十年前后都一样，他们永远都在争斗。

以前赌的是人心，今天拼的是命。

华绍亭开口，每个字都轻，却又分明刻在她心上，声音就像贴在她耳畔，他说："我知道你不想活了，你来找我那天，就想着最后把大家都带回到暄园，陪你一起同归于尽。"

韩婼掉了眼泪，一滴一滴往下滑，但她连哽咽的力气都没有。

华绍亭前后一句话的时间，她咬着牙低声嘶吼，几乎像离魂脱窍一样，余光晃过车窗上投射出的自己，苦苦挣扎的一道人影……忽然华绍亭按下她的手直接打轮，于是车头笔直向着当年那条小路开过去。

韩婼万万没想到，事到如今，他竟然还敢往死路上开。她没想明白他要干什么，本能地喊出来："华绍亭！"

他的侧脸从未如此清晰，微微定了神，看向前方面无表情。

他二十年前给过她答案，此时此刻依旧不后悔，发生的事情永远无法改变，不管韩婼这一次想做什么，于他而言，只有一个结局。

他远比她更懂人心，清清楚楚告诉她："你不想要报复，也不需要自由，你想要的是能让你自己死心的证明。韩婼，你要明白……重来一次，我还是这么选。"

韩婼知道自己输了。

她历经二十年的苦痛折磨都没哭过，到了这一刻的眼泪却像决堤一样汹涌而出。

厮打之间，她无法抢过方向盘，也甩不开华绍亭的控制，眼看车就要驶回那条单向道的死胡同……心死如灰。

她边哭边笑，看着他的眼睛疯了似的大喊道："好，你狠，我斗不过你，还是你赢了！"她勉强扭过胳膊，用肘部按在门边，车窗玻璃瞬间降下来，那角度刚好，刺眼的日光突如其来顺着车身一侧的后视镜反射进来。

她知道华绍亭的左眼受过伤，最怕强光刺激，这一下晃得他眼前发白，不得不脸向右避开了，瞬间什么也看不清。

生死之间，他竟然避着光笑了，还有心情跟她说："你这二十年真没白躺，这回倒是学聪明了。"

只不过前后两三秒的空当，他的手还抓着韩婼的手腕，让她来不及完全打轮，于是车头只转了一半，他们确实没能开进小路，却直接向一侧高大的院墙冲了过去。

来不及了。不到十米的距离，前方根本毫无缓冲。

韩婼自知已经无法再阻止他，高速行驶之下如果出事故，无疑会车毁人亡。

　　眼看院墙近在咫尺，她玩命踩下刹车，尖锐而刺耳的声音和二十年前没有任何分别。

　　又是那一夜，又是这样的动静。巨大的撞击声突如其来，逼得人瞬间失聪。

第十六章 · 山海倾覆

兴安镇这个冷清的地方最近实在热闹，不断发生意外。

它背靠一座荒山，不能游山也不好玩水，所以，到如今也没有发展起旅游业，一向很少有外人涉足。可是这个月例外，镇里突然来了很多人。

这些人目的明确，都要去找镇上的暗园，街头巷尾的本地人家也都觉得奇怪，那不过是座废了几十年的园子而已，能有什么稀罕？

直到这天清晨，又出了事。

今天赶上天光最好的时候，只不过八九点钟的光景，暗园后边忽然传来一阵巨大的声响，几乎是在一瞬间就乱了。

裴欢一直等在西边的房间里，她为了让自己心静，只能坐在桌旁翻看华绍亭过去留下的那些书。她听他的话，如他所愿，一直不听不看也不问。

园子里似乎有人闯进来了，很快韩婼的那些下人乱作一团，她忍着没有出去查看，还没等她回过神，不知道哪里又传来了沉闷而可怕的撞击声。

那声音巨大，隔着门窗都感觉到事态惨烈，不过两三秒之后，前后院子里都是尖叫声。

无数纷乱嘈杂的声音在几秒之内迅速涌进来，裴欢再也坐不住，她冲出去打开门，撞击声似乎就是从停车场的方向传来的，所有人都在向那个方向跑。

阳光最好的时候，她站在门口浑身发冷，她知道出事了，华绍亭还是出事了。

裴欢心里明白，最坏的可能性已经发生，她想跑去看看，脚步又沉重得像被困住了一样，仿佛只要她不迈出这一步，时间就能卡在当下，那些可怕的猜想永远不会成真。

她一直没有动，站在廊下盯着远处看，四方院子里树影摇曳，还有华绍亭说过的楸树，春季又到了，正赶上它活过来的好日子，树梢分明已经发了绿。

她看着眼前的一切，脑子里就像炸开了一样疼，她也只能这么站在门口，一瞬间近乎窒息。

隋远冲过来喊她，她还僵在原地，他拼命在她面前说着什么，她心里急，急到要哭出来，慌乱之下却什么都听不清。

隋远看出她在发抖，他知道她这几天也是在咬牙硬撑，此时此刻对方显然精神紧绷到了极限，于是他来不及解释了，拉住她就往前走，越走越快。

裴欢半天才反应过来，突然惊醒了一样抓着他问："我大哥呢，他在哪儿？"

隋远一向心宽，难得此刻表情严肃，最后带着她几乎跑起来。他浑身是汗，声音勉强克制，却还是紧张到断断续续，说："后院出事了，整个车都撞翻了……应该很严重，华绍亭……他和韩姥在车里。"

他说完停下来，回头看裴欢，眼看着身前的人目光一点点透着绝望，唇角发抖，分明她承受不住，分明她再也撑不住了，可她就是不肯放弃。

隋远怕裴欢站不住，过来扶住她，裴欢听见这句话不断地张嘴，想说什么却最终还是没有任何声音。

她越到了绝望的时候越不肯认命，也不知道哪来的力气，就像突然被点着了一样，推开隋远拼命往后院跑过去。

与此同时，暗园里的人越来越多。

敬兰会的人已经闯进来了，由陈屿亲自从兰坊带人而出，他们从天没亮的时候开始出城，一路超速往兴安镇赶，直到这时候才找到暗园。

景浩很快就带人看住了后院那扇铁门，裴欢冲过去的时候，正好撞见他，他原本还想恭恭敬敬问声好，结果话都没说完，裴欢扯住他让他滚开，她要马上进去看现场。

"华夫人，会长亲自进去了，您先稍等，等我们确认情况，里边不安全，车翻了随时可能起火。"景浩声音冷静，试图再次劝住她。

裴欢才不管他说什么，这时候就算前边是个火场，她也要跳，她不由分说就要硬闯，其他下人自然谁也不敢碰她，隋远很快也跟着跑过来了。

景浩拼死扶住她，一看后边的人，马上让人开门，先放隋远进去，又跟他交代道："会长让您尽快去，里边需要医生。"

隋远知道里面情况不明，随时有危险，但他清楚裴欢的心情，于是让景浩退后，对他说："我带华夫人一起进去。"

裴欢等不及他们商量的结果，迅速推开铁门，拐到了那条小路上。

路的尽头一片开阔，应该就是停车场。她隐约记得来的那天自己走过，但这条路因为曾经被烧而在夜里不太分明，此时此刻看过去，只剩一辆车横在前方的院墙之内，撞得满地碎裂残骸，车头已经开始冒烟，在尽头处倾翻损毁。

她看见陈屿带着几个心腹围在车边上，她走了没几步，忽然看见不远处的地上有一大片暗红色的血，从车头的位置淌出来，竟然渗出了一辆车的宽度。

冷灰色的地面，对比分明，于是她眼睁睁看着那片血迹逐渐漫延开去。

裴欢几乎瞬间就瘫了下去，耳边都是隋远的呼喊，她抓着他的手支撑住自己，勉强向前走，整个人都要晕过去，偏偏一定要亲眼去看。

什么结果都好，她要去……她要去找他。

裴欢捂住嘴，倒抽了一口气不许自己哭，把全部崩溃的情绪死死咽了回去，她逼着自己往翻车的方向走，眼看那辆车几乎全毁尽了，她哑着嗓子，几乎不敢相信，愣愣地一声一声地叫他："大哥……"

陈屿迅速从车的一侧冲了出来，拦在她面前说了什么，裴欢听不进去，还要往前去，陈屿没办法了，只能扶着她肩膀大声喊了一句："华夫人！"

她猛地看向他，陈屿总算长出了一口气，尽量保持冷静跟她说："夫人听我说，先生人没事，只是有点儿外伤，先让隋大夫过去处理一下，然后我们尽快回沐城去医院。"

裴欢麻木了似的完全听不进去，还要往前去，最终被陈屿死命拦下了。隋远立刻推开其他人，跑到车后去查看。

一地碎玻璃，车门严重变形，事故现场格外触目惊心，几乎让人无法想象出事片刻之间的场面。

华绍亭已经从车里出来了，他靠车站着，看上去脸色还好，就是半边身上都是血。

空气里充斥着腥气和浓重的汽油味道，隋远立刻过去，试图帮他查看伤口。

华绍亭满身肃杀，冷着一双眼示意他没事，他唯一的伤处似乎只有手臂，车窗整个碎裂，他坐在右侧，还是被残骸划伤了。

隋远往车里扫了一眼，明显看出来最后关头，驾驶位上的女人竟然解开安全带，整个人扑到了他身前，于是全部的冲击都被她和气囊挡下了。

非要到了那种时候，韩婼才真正看清楚……她这辈子，注定是华绍亭的牺牲品。

唯一的区别，就是这一次由她自己做了选择。

华绍亭看着地上的痕迹，终于叹了口气说："都是她的血，估计是不行了，你马上让陈屿找人，就近送去镇上的医院吧。"

他说着开始咳嗽，侧脸避开浓重的血腥气，到了这种时候，隋远急得又是测他心跳又是看他周身，他自己却一点儿也不像劫后余生的样子，只是很厌烦蹭了一身乱七八糟的痕迹，很快把外套脱下来扔了。

隋远让华绍亭抬了抬手，确认没有骨折的情况，华绍亭倒很利落，顺势把手腕上的香木珠子都甩下去。他身体不好，一向肤色浅，今天状况惨烈，手臂上的血浸透了衬衫，肩膀和颈上也都溅上了痕迹，浓重的暗红颜色再衬着身后满地汽车残骸，一时之间他如同踏着修罗场，这场面着实骇人。

华绍亭已经听见车后传来裴欢的喊声，他扫了一眼自己周身，很快又低声吩咐一句："劝裴裴回院里等，我不想吓着她。"他一双眼也透着疲惫，避开光，闭上眼歇了一会儿，总算缓过这一阵的头晕，又继续说："她不能看这场面。"

这一早上的动静实在太大，连隋远都吓得喘不过气，哪有工夫理他这点顾忌。他先确认华绍亭胸口没有剧烈的疼痛感，这才稍稍放心，然后给他处理外伤。

隋远真是恨得牙痒痒，一口气说出来："好啊，你还惦记着裴欢，你想着她还敢乱来！你是不是疯了，如果冲击让起搏器移位，你没撞死也会疼死！"

隋远说着说着忽然停住，抬头看了华绍亭一眼，他忽然反应过来，其实华绍亭这一局不只病情担着风险，本身也在赌韩姥对他的心思。

这只老狐狸故意引韩姥那个疯女人上车，所以，今天早上暗园里注定要演一出车毁人亡，只不过如果他赌输了，那现在这满地的血就都是他的……

这个近乎癫狂的可怕想法远超乎隋大夫的认知，他跟在他身边这么多年，到现在还是无法接受华绍亭的行事风格，他越想越觉得可怕，不断喃喃念着："疯了，你真是疯了！"

华绍亭清了清嗓子，总算是缓过一口气，远处所有人已经乱作一团，裴欢追过来恐怕更着急，所以，他隔着那辆撞毁了的车，亲自开口跟她说："裴裴？听我说，我没事，你先和陈屿退到铁门那边去，我们马上过去。"

车的状况岌岌可危，汽油倒灌之后随时有可能突然起火，陈屿听见华先生的吩咐，立刻扶起裴欢退了回去。

敬兰会的人自然有经验迅速控制局面，韩婼很快被人从车里抬出来送去医院。

华先生在世的消息不能外传，越少人看到他越好，于是华绍亭一切近身的事都由会长陈屿亲自在忙。

他很快安排了自己的车，要带大家撤离暄园，让大堂主景浩派人善后。

他们清开了下人，请华绍亭先上了车，裴欢也被送过来，一行人在停车场不过耽误了几分钟，下人已经找到了二小姐裴熙，把她安排和隋远一辆车，把所有人全部平安接走。

兴安镇总共也没有多大，只有一条主路，四五个红绿灯就快要到头了。

裴欢上了车，她显然已经镇定下来，毕竟在这种地方，周围都是敬兰会的自己人，总是安全可信的。

她坐在华绍亭身边，这一刻两个人离得近了，她终于还是无可回避，感受到他周身充斥着迫人的血腥气。

出事不过片刻工夫，她太熟悉华绍亭平日的处事态度，于是更深刻地感受到今天这一场真的惹他怫然而怒。华绍亭逆光而坐，周身气场却来不及收尽，依旧冷如毒蛇，阴暗尖锐的锋芒突如其来透了出来。

他们两个人坐在后排都没开口，气氛一时低沉，逼得前方的陈屿神色紧张，也只能兀自开车，竟然一句话都不敢多说。

男人处理事情自然无所不至，何况是这条道上的人，但华绍亭以往几乎从未让裴欢亲眼见到这些过程，这一次实在无奈……对方藏着二十年的仇怨，他必须想个极端的办法，才能彻底解决。

裴欢定定地看着他，过了好一会儿突然向他伸出手，她迎着他迫人的气势丝毫没有回避，也只有她敢在这种时候看向那双眼睛。她试图慢慢地抓住他的手指，冰冰凉凉地握紧了他的手，直到把他的手指捂在手心里，轻轻地喊他："哥哥。"

华绍亭慢慢地笑了，看向她示意自己没事，他绷着这口气实在是因为一直胸闷头晕，但他眼下看她就在身边毫发无伤，于是这一上午不管发生什么都值得。

裴欢受尽惊吓，这会儿只想确定他平安无恙，她半天什么也不问不说，抓着他的手，反反复复地叫他。

悲怆过度，一切又都是不幸中的万幸，人到了这种时候，情绪早已跟不上事态，只能浑身僵硬木然地坐在这里，她根本不想哭，也来不及再说什么愤懑。

她只是忽然，忽然很想告诉他，她不是当年那个只能躲在他身后，什么都不敢看，什么都不能承担的孩子了。可裴欢不知道怎么形容自己这样的心情，她相信华绍亭心里是明白的，只是他心性太强，从始至终都是他们之间的承担者，以至于到了任何时候，他不惜一切代价，半点儿风波也不肯让她见。

所以她沉默良久，最终只是伸手抱住他。

华绍亭越来越不舒服，车一开起来，他头晕得更厉害，于是一直皱眉揉着额角。裴欢看后坐直了身子，忽然环住他的肩膀，慢慢拥住他的头。

他一只手按着她的背，由着她的动作，就这样静静地靠着她，半天才长长地呼出一口气。

裴欢不让他再费神，轻轻低头告诉他："哥哥，我在。"

她知道他真的非常累了，所以想让他安心，不管旧日恩怨，还是今时今日攻心博弈，她只要他试着卸下来……哪怕只有片刻，就像现在这样，半分钟也好。

血腥伤疤也好，残骸荒园也罢，她一点儿也不怕，只要他们还在一处，哪怕山海倾覆，他身后再多风雨夜路，她也无所畏惧。

华绍亭抱紧裴欢，闭上眼睛，一句话都没再说。

这条路确实太短，陈屿开着车，一直没打扰，但他眼看岔路近在眼前，不知道是不是要马上离开兴安镇，犹豫之间还是降低了车速。

华绍亭闭上眼睛一直在休息，好像真的什么都懒得再管，于是陈屿不知道下一步应该怎么办，也就只能尴尬地清了清嗓子。

裴欢看出他有话要问，于是向窗外看了一圈，这一次由她来做决定，吩咐陈屿道："先去镇上的医院。"

"是。"陈屿长出了一口气，迅速把车往镇上开。

裴欢知道，陈屿今天收到消息，肯定是因为丽婶发现她没回去，所以去通知了朽院，但她却不知道敬兰会一行人是怎么查到暄园具体位置的，毕竟老会长这些陈年往事，几乎已经没有知情人了。

陈屿跟她解释道："是丽婶找到前几天有人在沐城求购一批国外的抗排异用药，所以顺着查下来，发现他们这群人带着药回了兴安镇。"

裴欢点头，那几天她和丽婶没有别的办法，如果她没有在海棠阁突然遇见韩婼，可能她后来也只能靠这种方式去找暄园。

所以裴欢忽然明白了那个女人的心情，韩婼在帮他找药，或许那时候她心底没打算让华绍亭真的出事，她的一生都毁在她自己的性格上。

韩婼怕他，恨他，又自知赢不了他，千辛万苦留下一条命，只为有朝一日，逼得两个人不死不休，她才能觉得自己在他眼里活过。

他们很快就到了医院，这地方虽然条件有限，但华绍亭的身体情况未知，开回沐城再快也要几个小时，已经不能再等了，隋远的车很快也跟来了。

隋远让裴欢放心，他亲自过去跟进华绍亭的情况，安排华绍亭在这里先做一个简单检查，再让人把他胳膊上的伤口缝线。

这家小医院一向冷清，第一次一大清早涌进来这么多人，还有一个车祸重伤的女人，于是上下瞬间都忙起来。

陈屿为了安全，把医院这几层上下拐角都派了人，左右都有人保护华夫人，她一时也只能坐在走廊里等。

陈屿看她脸色不好，给她倒了热水拿过来，可是裴欢握着纸杯靠在椅子上，什么也喝不下去。他为了缓和气氛，跟她大概交代了一下："先生只是受了冲击，韩婼替先生挡了，前车窗严重变形，她背上有贯通伤，现在送进去抢救了，但是情况很严重，估计……"陈屿说着说着又顿住了，他自然知道华先生和其他女人在车里出了事故，眼看又闹成这样，这话和裴欢来交代显得格外微妙，可他必须说，总不能一句不提。

裴欢口气还算平静，看了他一眼，点头打断他说："我知道。"

她等了快一个小时，隋远才好不容易出来，她起身直冲着他过去询问。

隋远脸色阴沉，竟然半天没说话，这下裴欢真的慌了，一把揪住他问华绍亭到底怎么了。隋远忍着嘴角的笑，心里憋着坏，还有心思逗她，结果功力不够还是笑出来了，又摇头示意她别紧张，跟她说："你们家老狐狸可是个大祸害，闹成这样也没出大事，胳膊上的伤口是外伤，没伤到动脉就没事了。心脏方面……目前看，主要因为受车祸造成了外部刺激，心动过缓，所以他一直头晕，现在起搏器暂时没事，等送他回去我再详细检查。"他也悬着一颗心，这会儿总算踏实一点了，又说，"车都撞烂了，他就这点小问题，真是命大。"

他们冷静下来自然明白，华绍亭既然敢把车头掉回来往死路上开，自然是权衡过，他一定会尽可能减少自己要害部位受伤的概率，只不过隋远看见过车的残骸，连他看到那场面都开始后怕，只能跟裴欢说："他虽然想好了，但也没想撞到翻车这么严重……

是韩婼为了抢方向盘，把车窗弄下来晃了他的眼睛，他有一瞬间完全看不清，车头才失控的。"

人算不如天算，终究有意外。

如果韩婼最后没救他，最终突发的意外情况其实远超过华绍亭的打算，后果不堪设想。

隋远只是外人，也没有那么善感的心思，于他看来，这一切都是不可理喻的心机争斗，他只想问一句："你好好劝劝他吧，为什么一定要这么收场？"

其实裴欢一直也不能理解，但她刚才一个人静静地在走廊里坐了那么久，突然想明白了这整件事，所以，她沉默了一会儿之后，告诉隋远说："因为他对韩婼，自知有亏欠。"

即使他从来没和任何人提起过。

说完，裴欢很快就起身走了，没再和隋远说什么，她径自走到检查室里去看华绍亭。

外人都已经清出去了，只有华绍亭在椅子上休息，袖子因为手臂上的伤被挽起来，于是身上来不及清理掉的痕迹就都明显地露了出来。

她走过去也不问，先低头帮他把袖子放下来，看他的心跳监控。华绍亭平静休息了一会儿之后，心跳速度渐渐平稳，看起来情况总算有所好转。

裴欢稍稍放心，又去拖过一把椅子坐在他身边陪他，这地方条件不好，这间检查室是会长想尽办法让人腾出来的，已经算是这小医院里最宽敞像样的地方了。

她发现他肩膀上还有一点蹭到的血渍，又去拿了酒精棉全部处理干净，上下看他，不想他再有不舒服的地方。

裴欢一边照顾他，一边低声说："你这么难伺候，怕吵，又不喜欢气味重……"她垂着眼，一根一根擦他的手指，忽然抬脸看他，"还是不听劝，换几颗心够你这么折腾的？"

这一上午都过去了，裴欢急归急，终究忍着一路不让自己崩溃，到了这会儿，四下无人，检查室里安静到只能听见仪器的声音，她对着他这双眼睛，连手里捏着的酒精棉都没扔，说着说着话又没了声音，也就这么怔怔地看着他，无声无息掉了眼泪。

华绍亭那目光对着她一下就软了，伸手蹭蹭她的脸，低声叫她，可裴欢忍不住，眼泪就直往他手上掉，今天这场事故是把她吓坏了。

他想自己都活到今天这种地步了，实在没什么可怕的，偏偏老天谁也不饶，算准了怎么才能惩罚他，他这辈子就怕裴欢受委屈，看不得她掉眼泪。

说来可笑，只有裴欢哭的时候，他才是真的一败涂地。

就比如现在，他要怎么哄？

　　于是华绍亭叹气，说什么都没用了，只好低下头轻轻吻裴欢的眼睛，让她不得不闭上眼被他稳稳抱住，好一会儿才不再流泪。

　　华绍亭胸口憋闷，声音越发淡了，轻轻地在她耳边开口，就剩下一句："都是我的错。"

　　他这人活了三十多年，从来不觉得自己有什么过失，今天对她说了软话，也是难得承认，只怕她再胡思乱想。

　　华绍亭让裴欢好好坐在自己身边，他会把一切都说清楚。

　　她迫切地想知道，二十年前那一天，华绍亭到底做了什么。

　　这是他最不希望在她面前摊开的往事，也是所有人都不知道的，关于华先生的来时路。

　　让一个人从头翻检自己的人生实在令人厌恶，但她如今与他相守，就必须拿出足够的底气共同担负。

　　她说："我不相信任何人说的，我只信你，我想你亲口告诉我。"

第十七章 · 悼而不伤

关于华先生，外人对他的印象一直有些谬误。

有人说他是条毒蛇，手段毒辣几乎不留痕迹；还有的说得更邪乎了，因为他的病，拖了二十年也不死，最后硬要给他安上些可怕的名头，说他是用尽残忍办法才能续命的邪魔。

就连身边这些人，陈家兄弟两个见他真如见了鬼，隋远……隋远又非说他是只老狐狸。

说来说去，从来没人认真想一想，这位好不容易活到如今的华先生，并不是石头里蹦出来的，他曾经也有过年轻的时候，有过心软的瞬间，也认真权衡过是非人心。

尤其他最讲规矩。

敬兰会虽然不择手段，但仍旧有道义准则，因此，老会长一开始也没有下定决心具体要如何处理暗园的事，只能走一步看一步，先安排华绍亭去暄园养病，由着他们自己优胜劣汰。

所以他才在那里拖了两年时间。

两年后到了日子，华绍亭眼看这一盘棋就要下完，他必须先一步做选择。

他跟裴欢说："韩婼当年没参与过会里的事，我对她谈不上同情，但说到底她是个女人，要不是因为她的身世，这些恩怨也落不到她头上，于情于理，我想找个两全的办法，所以必须要先选。只有我先选了敬兰会，韩婼才能死心，她也自然由我处置，这样我才有机会把她送走。"

这绝对是华绍亭行事的准则，无论今时往昔，他从来就不想靠别人解决问题，也从来不把胜负押在外人身上，他几乎天生就以己为主，做任何事都带着极强的主导性。

于是那一年，十八岁的华绍亭根本就没和任何人商量，他几乎在很短的时间内迅速地做好了所有准备，只等合适的时机，想要暗中送韩婼从暄园里离开。

裴欢当然知道这一切的起因，这么多天下来，她只有一件事不明白，她问他："最后韩婼为什么没能逃走，又是谁把她烧成这样？"

他抬眼看了她一眼，慢慢地说："因为我想错了一件事。"

他太过年轻，风头正好，只差一步就能顺理成章接手敬兰会，就在那关键的时候他还是犯了错，因为人人都避不开的自负和轻狂，让他身在局中，算错人心。

所有的过去放到如今去回忆，华绍亭越发觉得有些可笑，摇头叹气道："裴裴，兰坊里什么人都有，聪明人，糊涂人……可在那个年代，唯独没有恩人。"

那是一段真真正正斗得你死我活的年月，弱肉强食，胜者为王，没有半分多余的施舍。

裴欢突然一下被点透了，她猛地想起了老会长，那是她叫一声"叔叔"的人，她对老会长一向敬重，此时此刻却突然浑身发冷，鼓起勇气才能开口确认："是叔叔逼你？"

老会长平日和颜悦色，背地里却城府极深，过去裴欢在华绍亭的病情上就已经领教过，如今她却觉得这一切彻底挑战了人性的底线，就算老会长始终不认韩嫣，也改变不了他是她亲生父亲的事实。

她不敢相信，颤抖着问他："不会的，他总不能连女儿也……"

华绍亭的脸色总算好一点儿，他坐直了上半身，动动受伤的手臂，觉得也没那么严重，只不过他受了冲击，头上还有点儿发沉，刚才隋远千叮咛万嘱咐不让他再乱动，必须保持安静休息，所以他也就只能继续坐在这里。

他看看窗外，这地方实在没什么可欣赏的，只有光秃秃一棵背阴的杉树，他一直没继续说下去，因为都是一些无聊的丑陋心机，早该烂在暄园里干脆烧干净。

直到裴欢又握紧他的手，他知道她的执拗，只好慢慢揉着太阳穴的位置，开口道："那天晚上，我和韩婼约好，让她等着，是想开车把她先送出兴安镇。那会儿正是非常时期，我们两人处境敏感，暄园里无人可信，交给别人都不保险。"而且那园子的停车场修得不合常理，只有一条小路隐蔽，其余地方视线开阔无遮无拦，不好藏身。

华绍亭当年是考虑过地形，才让韩婼等在小路里的，他微微皱眉说："停车场你也看见了，她要是直接出去等，万一谁在车里看见了，容易惹麻烦，所以我想开车直接接上她，避免一切让她露面的可能性。"

何况那条小路本身还和后院相连，一旦情况有变，韩婼随时可以通过铁门跑回去，也来得及藏身。

但他赌错了老会长的心思。

华绍亭抬手拿过一旁桌子上放的沉香手串，他戴着它一路染了血，刚才随手扔了，本来不想再要，但陈屿这两年学会了多个心眼，他知道华先生随身的东西一向贵重，于是巴巴地给他捡回来做了清理，又一路送过来。

华绍亭直接用指尖挑起来对着光细细地看，暗红的血液逐渐浸透了百年的香木，显得晦暗不明，干了之后也擦不净，手的温度让香木逐渐升温，摩挲之下散出来的味道混着腥气，古怪难言，只剩可惜。

他一边看这珠子，一边说："我一直以为，老会长是因为处境两难，才让我处置韩娆，所以我暗中送她走，过一段时间，老人家上了岁数总会想通，会明白我当年为他权宜的苦心。可我忘了他是会长，他带着敬兰会这么一大家子人，根本就不在意一个身份尴尬的女儿。"他顿了顿，捏紧了那串珠子说，"我开车去的时候只想接她走，但发动车后开过去才发现车的刹车被人动过手脚，根本停不下来，也来不及在路口转弯了，只能被迫顺路开进去，那条路的距离又太短，没有办法减速。"

裴欢惊讶失声，半晌说不出话，只愣愣地看着他。

这一切完全超乎她的想象，她试图顺着他的话还原当年可怕的场面，越想越觉得难受，胃里一阵翻涌，实在有些受不了。

华绍亭从头到尾没想真的撞死韩娆，但有人要他必须这么做，所以用尽一切也把他逼上了绝路。华绍亭已经成为老会长亲自选定的继承人，他下不了的狠心，老会长就亲自用女儿为他上了一课。

那是第一次也是最后一次，此后二十年，乃至他这一辈子，他日日提醒自己记住那一天，他付出过代价，此生绝不再受人胁迫。

过去的事情说完了，该扔的东西还是要扔，毕竟人能取舍的东西并不多。

华绍亭还是把这串沾血的珠子彻底扔掉了。

他直接松手，甩到一旁的垃圾桶里，珠子落底，轻微撞出一阵响动，冷不丁刺激到了裴欢，吓得她慌张地缩了肩膀，不由自主打了个寒战。

华绍亭轻轻地拍她的手，慢慢让她放松，事到如今，所有的噩梦于他而言，不过是场旧日波折，再恐怖再泯灭人性，他也已经背负了二十年。

想得多了，想通了，也就认了。

那天的事故里，华绍亭也受了伤，在医院里养了一段时间，不清楚后来的事，出来后知道有人替他善后，一把火烧了现场。

华绍亭的车到底是怎么回事没人想去查，他也不需要。从此，外人只知道那个少年绝非一般心狠手辣，心硬得不像个人，最后众人看着华绍亭从暄园离开，成了最后的胜利者，顺利入主兰坊，一时之间风头无两，这条道上无人不晓。

别人怎么认为怎么想，华绍亭懒得管，也根本不在意，他从来不是个好人，也不想把自己划分到什么尚有良心的阵营里，只有今天，他忽然觉得需要说清楚，因为问的人是裴欢。

她是他的裴裴，他的爱人，他的余生，他一生珍视如命的人。

他只想清楚地让她知道，生而为人，总有底线，他说："想害死韩婼的人，不是我，是她父亲。"

经历过那一晚之后，敬兰会才有了后来的华先生。

这一场前后几十年的心机棋局，下到今天，裴欢才彻底看清楚。

当年老会长多年无子，收养华绍亭，带他进敬兰会，早早看出他是个合适人选，能替自己照顾身后事，于是老会长许诺给他一切，又不惜舍弃私生女，两年时间用尽手段把他的性子磨透了，亲手把他推到万劫不复，也算是送他站到了这条道上的制高点。

人间种种，唯独这条夜路上没有白来的恩情，公平交易才是生存之道。

老会长需要华绍亭付出代价，让一个十八岁的年轻人背负水晶洞上的恩怨，再连带泼他一身韩婼的血……除此之外，对方还需要华绍亭一直病着，因为敬兰会终究是陈家人的敬兰会，他的病情拖过了最佳治疗时间，往后也就活不了太久，尤其这病是心脏方面的遗传病，不可能轻易留后，只要等到华绍亭病死之后，兰坊就会重新回归陈家掌握。

这一切清清楚楚，恩怨得失，万分公平。

兰坊那条街上的心机之重，远非外人能懂。

裴欢只剩沉默，她好不容易才勉力将满心讶异和恶心压下去。她知道那个女人也不懂，事到如今，二十年的恩怨，只有韩姹还被蒙在鼓里。

她又问他："既然韩姹没死逃出来了，为什么不告诉她真相？"

当年种种，华绍亭也是受害者。

他想了一会儿，淡淡地笑了，但这笑容并不真诚，只觉得索然无趣，于是就连口气也都轻飘飘的没个着落，说："告诉她什么？那天晚上是我安排了一切，把她约到那里的人是我，车也是我开的，虽非我愿，但实在没有什么可说的真相。"

他说到最后却又是笃定的意思。

人不能把自己活成落难者，华绍亭从不后悔亦不开脱，事情已经发生了，当年的始作俑者死的死，散的散，只剩他始终清楚地明白，解决这场恩怨的唯一办法就是有人站出来承担后果，他甚至也不屑于自证清白。

他抚着裴欢的脸告诉她："我活到今天，最不缺的就是别人恨我。"

但因为恨他，连累到裴欢和孩子，才惹他真正动了气。

两个人安静的谈话并没有持续太久，很快走廊里就有人过来打扰。

裴欢让他再休息一会儿，她去开门。

外边站着的人是陈屿，他本来有话想要进去说，结果一看是裴欢，话到嘴边，又咽了回去。

裴欢眼睛哭肿了，拖累到头疼，却又整个人绷着一股劲，非要挡住门口，谁也不放进去，谁也不能打扰里边的人。

她在华绍亭那间检查室门前站定了，像身后护了什么不为人知的关隘，她硬着口气，和陈屿交代说："他不舒服，你是会长，现在所有人都在等你的安排，你要自己拿主意。"

陈屿怔了一下，迅速地点头说："是，华夫人。"但如今整件事绝非他一个后辈能妄议的，他又只能来问裴欢。他往手术室的方向看了一眼，又说："韩婼还没脱离危险，脾脏破裂，这里的手术只能做到这个程度，需要马上转市里的医院，好在现在人是暂时醒过来了。"

他斟酌着用词，问裴欢："我本来是想来问问先生的意思，还救不救……"

裴欢打断她，毫不犹豫地说："救，一定要救，马上想办法转院。"

陈屿点头，把景浩喊过来，吩咐大家抓紧时间去办，他自己却停在原地不肯走。

裴欢本来要回到检查室了，看他还有话，于是也没动。

陈屿等着人都散开，又过来跟她说："韩婼醒过来，提了一个要求。"

裴欢背过身一直没接话，她猜韩婼生死之间想的事只有一件，不外乎想再见华绍亭一面，可裴欢担心他现在的情况不适合再有情绪波动，心里有些犹豫，并不想答应。

但陈屿为难的事却出乎意料，他说："她是想见夫人。"

裴欢最终还是如她所愿。

韩婼很快被从手术室推出来了，兰坊一行人做了安排，要把她紧急转往沐城的医院。

裴欢只是在走廊里见到了她，对方周身伤情惨烈，几乎不能说话，但睁着一双眼，目光却显得格外清醒。

她在看裴欢，她想开口，可气若游丝，嗓子哑到让人完全无法分辨声音，可她还是想说话。

裴欢原本不愿离她太近，但发现她这种莫名的挣扎近乎回光返照，一时裴欢心里有些受不住，最终还是俯下身，凑到对方面前。

韩婼原本就受过旧伤的喉咙此刻彻底失声，活像条幽邃空洞的隧道，只有奇怪而模糊的气息，就算裴欢离得近，也几乎听不清对方到底在说什么。

她只能由着韩婼像某种兽类一样呜咽出声，明明不知道都是些什么意思，却又看着这双瞪得通红的眼睛，心里忽然有些明白了。

医护人员在一旁不停催促，患者的情况眼看危在旦夕，实在等不了太久。

裴欢只能退后两步，她看着韩姞几乎疯了似的要说话，忽然又觉得不行，不能让韩姞这样离开，所以裴欢还是追上去了，她突然觉得自己也应该告诉韩姞，所以，她迎着韩姞的目光说："韩姞，他一直记得你。"

其实她不该说，也不愿说，但她对着韩姞那样一双濒死绝望的眼睛，忽然理解了对方真正想要的是什么。

亲生母亲为她而死，父亲又狠心为了所谓的大局舍她铺路，这个女人一生悲苦至极，身边每个人都有选择的机会，甚至连她恨的人也有了家庭，唯有她是生是死，无人纪念。

韩姞可能早就不想要自由了，也不需要华绍亭来施舍给她多余的同情，她仅仅需要被记住，所以二十年后回来闹得翻天覆地，她第一时间找到记得她的裴熙，即使对方疯了她也愿意照顾，还把所有人都聚回暄园，不择手段想要证明自己存在过。

所以裴欢沉下一颗心，决定替他把事情说清楚："出事那一天，他没想你死，后来阴差阳错，造成那样的后果，他从此一直把你出事那天设成随身密码，就是为了记住这条来时路。二十年来，他于心有愧，始终不忘。"

于华绍亭而言，这就是他对故人最大的悼念了，而他不能说的话，今时今日，由裴欢来替他完成。

韩嫇整张脸都在发抖，眼睛里渐渐变得湿润，她忽然想要抬手抓住裴欢，两侧的人让她不要乱动，很快把她推走。韩嫇眼角涌出泪，手又向着裴欢的方向拼命伸过来，这一下她用尽了最后一口气，忽然冲着裴欢嘶吼出怪异的音调。

"裴熙。"韩嫇拼命念着这两个字，不知道要表达什么，只执着地向着裴欢开口说，"你姐姐……"

她气力用尽，剧烈的喘息之后，浑浑噩噩近乎窒息，很快晕了过去。

裴欢也来不及再和对方说什么，韩嫇被推走送上了救护车，她只能站在楼梯间拐角的窗户处，一直目送她离开。

旧日恩怨卷土重来，看似又随着一场车祸最终了结。

人世的悲欢并不相同，每个人苦苦挣扎的经历说给旁人听，不过就是一场惊心动魄的故事，区别只在于精彩程度。裴欢面对这一段恩怨是非已经尽力，她知道自己永不能对韩嫇所经历过的一切感同身受，而对方也不可能理解在缺失的那二十年里，裴欢一路成长，又经历了多少恸哭的长夜，才换回今日。

此时此刻，裴欢唯一庆幸的就是，她被逼着见证了这世上最险恶的心机人性，可如今站在这里，她依旧无怨无悔，仍有向前走的能力。

　　她拥有爱，心中有牵挂，境遇使然，她永远不会成为韩婼，也不会和任何人比较，她绝不让自己一生困守荒园。

　　人只有看清生活本来的面目，才不至于在长久的动荡中被岁月吞没。

　　华夫人今天心情不好，敬兰会的人就在她身后不远处守着她。

　　陈屿等她静静站了一会儿，又过来劝她说："最近时局不好，军方也在密切关注敬兰会，现在镇上出了事，我们不能久留，还是尽快回去吧。"

　　裴欢点头，慢慢推开窗户，今天实在是个艳阳天，楼上正赶上风口，她开窗一探身就能感受到空气里弥漫着花木的清香，和身后医院里一成不变的消毒水气味相冲。

　　她打量着整个小镇，不远处仍有几条小街，纵横而去，老式的门脸房夹杂着新兴而起的便利店，再远一点有车多的地方，应该是一处新开发的项目。

　　她并不记得关于兴安镇更多的故事了，除了太小的时候偶然住过之外，再无瓜葛。

　　她确实应该回去了，于是放任那扇窗开着，让人去通知隋远守着华绍亭，尽快安排车把所有人都送走。

　　离开的时候，华绍亭在车里背光而坐，透过车窗最后扫了一眼那座暄园。

后院好像还是起了火，他的眼睛不适合见强光，于是也就没再去细看。

黑烟透过楸树的树梢弥漫而出，映衬着一方灰蓝色的天，等到车开得远了，他再从后视镜里回望，发现那地方模模糊糊像一块没干透的墨，好像谁的手稳不住，随便一个不小心，一个人的一辈子就要这么被抹过去了。

每个人都有过去，阴暗逼仄或是荆棘满身，前人的智慧已经总结出，时间本该是唯一的药物，它可以治愈一些什么，也会让人更加沉溺于药物本身。弱者依赖时间洗刷掉所有记忆，但这种办法只能让人对逃避成瘾，想忘掉的一切却依然坚固。

当人在时间的河流中逆流而动，逃避的一切都会轰然而至。

华绍亭不是弱者，所以，他不需要用时间来逃避，更不需要麻痹自我，这二十年前后，他宁愿时时提醒自己，这条来时走过的路，无论如何不能忘。

故人，旧事，经年累月的回忆是一条没有尽头的路，眼前的一切又和那些年一样。

每次华绍亭从这里离开，注定要用些非常手段，这园子或许真的和他犯冲，所以他想着，按规矩，既然有亏欠，那就统统还回去也好。

这是最后一次。二十年前，他在这里选了敬兰会；二十年后，他也在这里做了了断。

有时候，人生不能翻盘重来。

他和韩婼的结局在二十年前就写好了，他们之间，注定只能活一个。

这一天总要过去，只有时间不等人。

他们回到沐城已经是下午了，一行人赶到医院，又临近傍晚时分。

华绍亭的情况是大家最担心的，他手臂上的伤口做了缝线处理，再加上路上持续心动过缓，裴欢陪他去医院做了最详细的检查，又找到专门的看护，先将姐姐裴熙送回了家。

裴欢的态度很坚决，不能让华绍亭再费心思，让他什么都不要管，先稳定住心率要紧，于是任何人想见华绍亭都不许，连陈屿想过来问话也不让。华夫人固执的脾气一上来，自然谁也劝不住。

隋远一直忙到入了夜才把检查结果都拿到手，他去休息室找裴欢，结果刚一走进去，就听见一阵叫喊。

裴欢拿着手机，一直在安慰电话另一端的人。裴熙折腾一天突然换了环境，显然情绪很不稳定，一直在大喊大叫，隋远远远都能听见动静。裴欢一回到沐城就联系老林确认家里的情况，把姐姐送回去，随后又得知姐姐一直情绪激动，她在医院守着回不去，只能电话陪着安慰。

这一整天，就算裴欢没出任何事故，可是一直被逼保持高度紧绷的精神状态，几波人来劝过了，她不听，眼看着人也到了极限。

所以隋远二话不说，走过去抢过她的手机扔到一边，裴欢吓了一跳，回身看他，终于踏实下来，才肯好好喘一口气。

裴欢坐在椅子上，隋远也就过来，站在她对面翻病例。

她看他这表情就知道华绍亭确实没有大事了，于是总算露出点儿笑意，她累得连起身的力气都耗尽，也不再和隋远客气，坐着勉强揉了揉头发，尽量把自己弄得不那么疲惫，还想和他解释："我不想让我大哥处理这些事，就今天，哪怕就这一天，换我来照顾他。"

隋远翻着病例的手停下来，歪头上下看她，啧啧地感叹道："还怕你因为韩婼那些事怪他，你倒真是想得开。好了，他没事，今天他心率不稳定，刚才在吸氧，一好点儿就心不在焉地找你，老狐狸就这毛病，他看不见你就跟我们都该死一样，谁他都懒得管，半句好话都不会说。"

他显然刚才又为了华绍亭的病情跟他啰唆了，华绍亭一烦，隋远必然就要挨骂，这会儿憋着一肚子气。

裴欢勉强笑了笑，也顾不上其他，站起身要去找华绍亭，想赶紧看见他，结果她起身的动作太快，眼前发黑，半天缓不过来。

她扶着椅子蹲下身，隋远的声音越来越远，她苦笑着还要说什么，最后通通都变成喃喃自语："他还不都是为了我……如果我能试着面对，他也不用事事不留余地。"

华绍亭执意离家，执意引韩姥离开，最后生死也不过眨眼之间，都是为了她。

他绝非善类，早过了冲动热烈的年纪，可人间冤孽太重，他随时能与之同归于尽，但决不能让她受半分的连累。

裴欢太清楚他是为了谁。

她这一时片刻终于确定华绍亭平安无事，于是不由自主神经放松下来，这一下浑身发紧，觉得手脚都像被灌了铅，几乎累到实在动不了的地步。

裴欢听见隋远在喊自己，努力抬手揉眼睛，可又觉得自己的头沉得不停地往下坠，站也站不住，她刚想叫人，结果直接栽了下去。

隋远早看出她没多少力气了，好歹手下有个准备，一看裴欢晕倒，赶紧拉住她的胳膊把人扶住了，没让她磕到头。

他一边往门外看，一边喊护士，没想到推开门进来的，竟然是华绍亭。

好啊，这可真是缓过来了。

　　隋远气得不想再理他们，一个是这么大了还拼命逞强的臭丫头，一个是命都没了半条，刚好一点儿就四处乱走的老狐狸。

　　他虽然是个医生，到这会儿都被逼得怀疑人生，活该这两个人这辈子要凑在一起，砍不断、割不开的，就该是命里的缘吧。

　　隋远来不及说什么，扶着裴欢想拉个椅子过来放她先坐，可华绍亭摇头，很快将裴欢接了过去，他的目光看过来分明是询问，隋远耸肩示意裴欢没事，八成是低血糖。

　　"她一天几乎不吃不喝，又这么累，铁人也熬不住。"

　　华绍亭亲自来看着裴欢，不至于再出问题，隋远也能松口气，这几天下来他就怕再多个病人，于是手下腾出工夫，出去叫护士安排输液。

　　华绍亭根本懒得和旁人废话，直接把裴欢整个人抱起来，一路走回他自己的病房。

　　隋远无奈配合，出去通知会里，这一层闲杂无关的外人，暂时都不能过来了。

　　陈屿守在走廊尽头，眼看华绍亭出来了，又抱着裴欢，他想过来帮忙，可惜外人也不合适，于是插不上手，只能尴尬地跟在他们身后，心里有事，不得不说。

　　华绍亭护着裴欢，把她的脸压在自己胸口的位置，也不让外人乱看。

他走着走着，余光里发现后边还跟着个人，这才扫了陈屿一眼，脚步都不停，开口就简单一个字甩过来："说。"

陈屿当会长也有几年工夫了，平常也能端出一副不怒自威的架势，可惜道行不够，一对上华绍亭这双眼睛，立刻就被打回原形，死活改不了唯唯诺诺的毛病。他迅速跟上去，把声音放到最低，生怕吵了华绍亭怀里的人，跟他说："先生，韩嫿没能救过来，刚刚……走了。"

华绍亭原本有些不耐烦，已经走到了病房门口，这句话一出来，连前边帮着开门的隋远都有些讶异，大家脚步都僵了，隋远睁大眼睛看向他，一时之间内外安静，谁都没敢接话。

但华绍亭却没什么表情，他听见了，只是脚步依然不停，轻轻"嗯"了一声，先把裴欢送进了病房。

陈屿不明白这算什么意思，紧张到汗都下来了，他思前想后，毕竟韩嫿也算会里的一位故人，他不清楚华先生的态度，一时有些难办，只好又解释道："医生尽力了，但是她伤到脏器，情况严重，转院也花了时间，路上来不及了，送到这里就一直在抢救。"

华绍亭一句话都不说，低头照顾裴欢，他把她散在枕头上的头发都理顺，拍着哄，裴欢累到极致了，迷糊着动了一下，下意识抓住他的手，华绍亭也就由着她，先替她盖上了被子，仔细试了试，生怕她着凉。

　　隋远毕竟是医生，他抱着病例在一旁冷眼瞪华绍亭，一眼就看出华绍亭刚才非要亲自把人抱过来，这下好了，车祸之后刚缝线的伤口估计又开裂渗血了，把隋远愁得直叹气。

　　偏偏另外一边，韩婼也没救过来，病房里的气氛一下变得极其压抑。

　　隋远为了打破这种让人窒息的沉默，率先过去同华绍亭说："你和会长过去看看吧，我在这里替你守着裴裴，一会儿就来人输液了，保证她出不了事。"

　　华绍亭就像没听见似的，根本没打算离开，他就守在裴欢床边，抬眼问道："护士来了吗？"

　　"马上。"

　　他点头，仔细打量裴欢的脸色，床上的人下意识一直抓着他的手腕，他也就只好顺着那个姿势坐着不动。偏偏裴欢不清醒，不管不顾，拉住的是他受伤的那一边，他叹了口气，分明觉得疼，又什么都没说，苦笑着握紧她的手。

　　隋远指他胳膊，提醒他换个方向，小心伤口。华绍亭冷着眼扫过来，隋远立刻闭了嘴。

　　陈屿凑上前，躬身问："先生，您要不要过去看一眼？"

　　华绍亭完全没有这种打算，声音淡淡地说："我能说的已经都说过了，韩婼也不需要再见我。既然人走了，你们就去兴安镇上找个地方把她葬了，她这辈子好不容易跑出来了，搭上两代人这么多条命，不如彻底回去，人死灯灭，都该踏实了。"

字字句句实在简单，他不想给那段往事填上半点儿唏嘘，也没有任何值得惋惜的情怀。

彻底了断，是对往事故人的尊重。

果真人生如戏，这一出上了台，能唱到哪一步其实身不由己，人唯一能选的，只有什么时候落幕。

陈屿按华先生的吩咐去办，很快就退出去了。

病房里又进了人，护士紧急被叫过来做基础检查，给裴欢输液。床上的人渐渐有了意识，但是身心过度疲惫，近乎昏睡。

隋远知道华绍亭这会儿什么地方都不会再去了，于是他干脆亲自拿了包扎消毒的东西回来，把人劝到病房另一端的沙发上坐着，替他重新收拾伤口。

华绍亭进医院后才换过衣服，刚才一用力，衬衫袖子上又沾了血，好在缝线的地方没有大问题。

隋远动作利落，不小心手下重了，惹得华绍亭抬眼看他，一句话扔过来："隋大夫这是跟谁赌气呢？"

隋远哼了一声，手下尽量放轻，难得借着这个机会嘲讽他："平常你懒得一步不动，这会儿倒勤快了，找个人把裴欢送过来不就行了，这伤口好不容易缝好，犯得着非要这会儿亲自动手吗？再怎么说老夫老妻的这么多年了，至不至于啊？"

这话说得华绍亭笑了一下，又看向床上的人，终究有点儿无奈地说："我得随时等着，看着吧，一会儿她如果醒过来看不见我，又该紧张了。"他说到他的裴裴，那双伤人的眼睛总算带了笑，又缓下口气说，"我知道她害怕，她啊，就这个脾气，心里越怕的时候就越逞强，非要逼自己，最后身体熬不住。"

很快，华绍亭的伤口已经重新处理好，他披上了外衣，回到裴欢床边坐着，看她沉沉睡着的样子，长出了一口气，轻声说："也好，她在这儿睡着，总好过让她等着我。"

这倒是跳不出所谓"老夫老妻"的世俗了，病床之畔守着的那一个难免担惊受怕，这些事，他哪忍心让裴欢来受呢，还是交给他比较好。

隋远总算有时间歇一会儿了，他坐着喝水，仰头靠在沙发上放松，心里全都是今天的事。

他不过是个外人，但这几天看下来，到最后也有点怅惘，他说："我很清楚病人的心态有多重要，韩婼那边……主要是她自己不想活了，她在重伤之下完全没有求生欲，太让人难受了。"

医者仁心，不光是隋远，其实今天每个人都希望韩婼能活下来，反而是她自己放弃了。

天终于黑了，从沐城到兴安镇，再机关算尽，生生死死挣扎着回到沐城，这条路总算到此为止。

华绍亭听见韩嫭抢救无效的消息，一点儿也不意外，他早就想到了，韩嫭把他们都引回到暄园那天起就想好了结局，她不会再有力气重活一次。

她奋力抢来最后这两年时间，不过想求一个真正的结局。

如今，华绍亭守在病房里，看着天际的亮光一点一点消失殆尽，城市里人造霓虹很快就代替了日光。

他身边的所有人都已经退出去了，早起的那场车祸一直让他有些耳鸣，直到了这个时候才好起来，一切的一切，终于能够彻底安静下来。

人啊，总要有些岁月深远、山寒水瘦的往事。其实这样是最好的解决方式，二十年前韩嫭不知道自己想要什么，二十年后她已经有了答案。

他求生，而她求死，不告而别，无须再见，也算是一种成全。

最后这一刻，总算对得起年少相识一场。

第十八章 · 心之所归

裴欢这次可真是松了心，不管不顾地睡了很长一觉。

她从华绍亭离家那天开始就悬着一颗心周旋，几乎没能有一天安眠，因此，这一觉睡得格外踏实。

她因为长期疲惫和低血糖晕过去，输液之后好了不少，只是实在太困，昏昏沉沉的，觉得浑身酸痛乏力，脑袋格外沉重，于是困乏到醒不过来。

后来她还记得自己连着做了好几场梦，从年少到白首，恨不得凭空过了好几辈子，这才好不容易觉得把没睡的觉都补够了。

人经历过长久的睡眠，即将清醒的时候，会因为不清楚时间而突然有些迷茫。

所以她睁开眼，盯着病房里厚重遮光的窗帘看了好久，才觉出来应该已经是白天了。

她揉着眼睛想坐起来，身侧一双手就伸过来，扶住了她的肩膀。为了让她安睡，病房里没有开灯，也屏蔽掉窗外的日光，她什么都看不清，不过从这手下熟悉的力度，她知道是华绍亭，于是顺着他的手攀上去，趴到他怀里。

她听见华绍亭长长地叹了口气，她抬头想说什么却已经被他吻住。这种时候，语言总显得多余。瞬间她整颗心都安稳下来，在他怀里舒展开手脚，忽然抱住他的头，往后仰着，把他也带倒在病床上。

华绍亭笑了，又揉了揉她的脸，看她突然睡醒了，迷迷糊糊的近似撒娇，一颗心都软了。

他的裴裴啊，这么大个人了，也总是像只猫似的，只有这样刚睡醒的时候脾气最乖顺。她把脸埋在他肩上，轻轻对他说了一句："你总算回来了。"

说着说着，裴欢还幼稚地抓过他的手拍拍自己，一脸认真地说："打我一下，让我看看疼不疼，不会是梦吧？"

她怕就怕再一睁眼他又不知道天涯何处，总有二十年的经年旧怨要去解决，于是她还真想着要确定，一下力气重了，非要拉他过去打一下。

他哪还下得去手，环着她的腰把人抱紧了，裴欢闷声笑，于是两个人谁也不去把窗帘拉开，就只是静静地在黑暗里躺着。

她侧过身看他，华绍亭那一双眼睛格外分明，是她在暗处唯一能看见的光，她用手指一点一点地勾他的眉目，前前后后分别这么多天，她也只剩下这几句："真的不能再这样了，保重身体，行不行？"

他低低地"嗯"了一声，手指缠着她的指尖，变成了一个安慰的姿势。

裴欢又长出了一口气，黑暗之中人的其他感官无限放大，她闻见他身上经年浸透了的香木味道，最终把脸凑过去，和他贴在一处，很快就连呼吸都叠在耳畔。

她要仔仔细细地看着他，听着他，一分一秒也不能少。

她像是拿住把柄似的，一字一顿地说道："别人做不到的事，你也不做了；别人管不了的恩怨，你也别碰。哪怕天塌了，就让它塌吧。"

就像现在这样，他们两个人只是躺在一个空荡荡的病房里，安安静静拥抱着躺一会儿，都是最幸福的片刻。

真实的情感总是朴素的，朴素到更精彩的点缀都嫌多余，只需要把这一刻无限延伸，恍惚百年，一起拥抱着走到天塌地陷的时候，也无所畏惧。

华绍亭的笑声很轻，但让人听着总算呼吸顺畅，不像之前看着那么难受了，他答应她说："是，夫人，以后家里听你的，我也听你的。"

他说得好听，可她听这样的保证也不知道有多少次了，于是躺了一会儿，实在觉得生气，又狠狠去捶他肩膀说："其实当天兰坊的人已经追过去了，再等一等就能把暗园的下人都制住，你何苦非要把韩嬷逼走，闹出一场车祸。"她说着说着声音又有些发抖，好半天才又继续说道："也是万幸，不然那么大的冲击力，万一出点儿什么事……"

华绍亭摇头，想起自己那天和韩嬷在暗园里三言两语不欢而散，他曾经找到过去后院的路，转了一圈，知道韩嬷早有准备。

"她早就不想活了，打算最后拉着我们所有人一起死。"他必须把韩嬷逼出去，否则就算后来有敬兰会的人找过去，一旦受了刺激，她就要在园子里和大家同归于尽。"她不知道从什么地方弄来大量的汽油，一直存在园子后边。"

暗园是早晚都要烧掉的，区别只是谁来点火而已。

裴欢听见这话不由自主倒抽一口气，也就是说华绍亭早早看出事情不对，韩嬷千辛万苦把他们都引过去，除了翻出二十年前那场冤案之外，最后还想拖着大家一起下地狱。

但他什么也不说，也没让任何人看出来，直到最后眼看裴欢突然闯过来，他才觉得事情不能再拖，不能让裴欢涉险，于是他马上把韩嬷带走，用这么极端的办法，让她不能回去动手纵火。

　　这世界上所求皆所愿，人人都以为韩婼求报仇，但实际她的人生早就在二十年前被彻底毁掉了，她多出来的这些日子，苦苦熬着再看尘世一眼，也不过想要一个陪伴。

　　那些认识她的人，都该陪着她一起走。

　　她丧心病狂，却也天真如此。

　　裴欢曾经对那个女人的故事生出过某种恻隐，此时此刻，却又觉得不寒而栗。

　　窗帘露出一条仅有的缝隙，远处的云兜兜转转，忽然被吹散了，光彻底透了进来。

　　裴欢慢慢坐起来，坐在床边把头发梳起来，她又过去把病房里的壁灯打开，让华绍亭的眼睛能够逐渐适应光亮。

　　已经是第二天的下午时分了，他守了她快一天的时间，寸步不离。

　　她觉得自己浑身好多了，又反过来再去照顾他，两个人来来回回，都觉得自己可笑。

　　华绍亭逗她说：“知道隋远背后说什么吗，说咱们两个每天老夫老妻的，像已经过了五十年的日子。”

　　裴欢低头看他手臂上的伤口，确定没事了总算放心，又低声说：“那有什么不好？”她终于把窗帘都打开，日光一下子充斥在病房里，这下总算让人重新找回了日夜。

她靠在窗边，身上穿的是医院里统一的淡粉色住院服，衬得脸色格外温柔。她随手乱抓着梳起来的头发，散下来三两缕，又刚好落在锁骨上，明明睡了这么久，素着一张脸，却仍觉有些艳丽。

她回身看他，突然又想起什么似的，笑着说了一句："五十年？到时候我都快八十岁了，谁还想那么远的事，我也不敢求那么久。"她自己并不难过，就只是随口说一说，"多久都好，我只想陪着你，今天明天……陪着你到最后一天。"

华绍亭一直也没说什么，他靠在床边，抬眼盯着裴欢看了很久，似乎是觉得她此时此刻这么素净的样子也很美，于是看得她又低头笑。

其实华先生走神了，他并不觉得感慨，他只是在琢磨人与人之间这种直白又简单的吸引力，有时候真是道难解的谜。

裴欢在他眼里总是迷人的，比如此刻，她就这么逆着窗外的阳光，坐在病床上，有点不好意思的样子，他就觉得真要把她好好藏起来。

面前的人于他就是独一无二的存在，无关乎陪伴长短或是有多少旧事值得留恋……这可能就是爱人的意义，让他珍视如命，总惹岁月动容，也就显得余生这样短。

他不想浪费时间再犹豫，动了动手脚坐起来，伸手对她说：

"走吧，裴裴，我们回家。"

他们很快一起出院，回去的路上决定直接去接女儿。一行人上车之后，华绍亭就吩咐隋远，让他提前去和陆远柯那边打好招呼。

这段时间，陆远柯还真的踏踏实实扮演着保姆的角色，好几天没出去乱走。

接到电话的时候，他正和小姑娘在家玩游戏，两个人拿着游戏手柄对着屏幕，玩得完全忘了时间。

笙笙一听妈妈要来接她，眼睛一下就亮了，放下手里的东西不玩了，跳起来问他："我爸呢？爸爸怎么样了？"

陆远柯不知道外边出了什么事，不过听隋大夫的口气，显然一切平安，不会有什么意外，于是他捏着笙笙的小脸说："你个小丫头都没事，你爸能有什么事，大家都很好。"

他说完回身去收拾东西，指着餐桌还有沙发和她说："快点，你要回家了，他们很快就来了，去把你自己的东西拿好。"

笙笙迅速跑过去把 iPad 和随身的东西都塞进了书包，小女孩一看就是小时候在福利院养成了根深蒂固的习惯，非常讲规矩，完全没有这个年纪的孩子那些胡乱撒娇或是故意捣乱的毛病，几天下来，她让陆远柯觉得十分省心。

他跟笙笙说完，自己却没顾上干什么，一个人跑到厨房去点了根烟。

　　他忽然想到屋里有小孩，又开了窗户和抽油烟机通风，可是味道一上来，他还是有点儿不放心，挣扎了一下，最终还是把烟掐了，没抽。

　　算了，只剩最后这一会儿了，只要他坚持到笙笙的家里人把她接走，他就算功成身退，顺利完成这次的任务。

　　同时也就代表着，他从此自由了。

　　真正到了这一天，陆远柯的心情十分复杂。

　　他不知道自己该高兴还是难过，他对着洗手池把灰烬都冲掉，回身一出去，正对上笙笙。小女孩抱着自己的书包，坐在餐桌旁边，那双格外漂亮的眼睛看过来，忽然问他："叔叔，你好像不太高兴。"

　　陆远柯一脸奇怪，挠挠头，尴尬地问她："你哪儿看出来我不高兴了？"

　　"你这么多天都没抽过烟。"她小大人似的歪头看看他，还跟他说，"你不会是舍不得我吧？没关系啊，你救了我，我跟妈妈说，你可以到我家来找我玩儿。"

　　这下他真笑了，直冲她摇头，说："饶了我吧小祖宗，我保你这几天平安，一会儿把你还回去，我也要回家了。"

　　笙笙点头笑了，问他："叔叔住在什么地方？"

　　陆远柯不知道怎么回答，他走到餐桌边，倒了一杯水一饮而尽，想了一会儿才开口说："听说是在叶城吧，我不记得了，其实我也不知道家在哪里，他们有各种说法，但我都不太信。"

毕竟每个人都不会把真实的自己展现给外人。陆远柯不想靠别人来描述自己，他想等自己想起来，但是已经等了这么久，像他这样逃避地生活，永远没法找回过去的记忆。

所以他心里很矛盾，一个因为外伤而导致记忆缺失的人，一方面太想弄清楚自己是谁，一方面又因为那场事故是被追杀才导致的，让他无限恐惧自己的真实身份，他怕答案会让现在的他根本无法接受，那可能会是毁灭性的打击。

那还不如不去找，只要他一天不知道答案，就还有无数种可能性，于是他就这样被卡在夹缝里，无法选择。

笙笙低着头不知道在想什么，一直没说话，房间里安静下来，这种突如其来的沉默让陆远柯觉得自己实在无聊，何苦要对着一个七岁的小女孩聊这些人生难题，她懂什么。

他摆手示意自己没事，但对面的孩子忽然又开了口，那双眼睛里的光显得格外认真，她对他说："没事的，我小时候生病，身体很不好，一直住在福利院，那时候我也不知道自己是谁。"

笙笙说这些话的时候完全没有难过的神色，相反表情很平和，她虽然还是个孩子，可是因为境遇所致，早早就学会了原谅。

"后来妈妈把我带回家了，我知道，大人会有很多难处。"

她又把手伸过来，似乎是想要安慰人的样子，轻轻拍着他说，"陆叔叔，你也是大人，也有难处，但是没关系啊……你看，都会过去的。"

陆远柯看着她笑了，孩子的笑容能够治愈一切，她说着浅显又明确的宽慰，果然让他觉得心情好一点儿了，于是他低头抱抱她说："好，叔叔信你。"

很快，门铃响起来。

陆远柯让笙笙在客厅等着，他靠近门口检查，确认安全之后才打开了门。

来的人是他见过的华夫人，他还没来得及说什么，对方却惊讶地盯着他看了半天，震惊地说："是你？那天我在海棠阁见过你，你就是陆远柯？"

他点头，告诉她："有人让我接到孩子后就回沐城，安排好了住处，还让我暗中保护你，但你后来非要跟着那个女人出城，我只能先管孩子这边了。"他三言两语做了解释，因为他忘记了很多事，面前这个女人实在陌生，他也不知道自己应不应该认识裴欢，反正隋远那边只告诉她，这是华夫人，别的和他无关，他也就没有多问。

但裴欢非常惊讶，她一直在打量他，问他是不是真的什么都想不起来了。陆远柯这些年不断面对这些问题，实在懒得应付更多的询问，于是也不再多说，只回身把门口让开了。

裴欢很快冲进去找女儿，看见笙笙乖乖地坐在餐椅上，她几乎克制不住，直接就将孩子抱在怀里，母女分别多日，一时都有些激动。

陆远柯有点儿承受不住这种场面，他也不懂对方到底遭遇了什么，只觉得心酸，于是准备把客厅让给她们。他正想转回主卧去，听见背后有人喊自己。

裴欢蹲在餐桌旁抱着笙笙，看向他，定定地说："谢谢。"她欲言又止，最终只剩一句，"我和他父亲，都很感激你。"

陆远柯倒很是随性，仗着自己天生一张看不出年纪的娃娃脸，不管经历过什么，总显得格外阳光，他笑了笑摇头对她说："别谢我，一切都是隋大夫传达的，敬兰会里有人早早安排好了，只要我保住这个孩子，我就自由了，所以我也是为了我自己。"

他是个心善的人，却也很聪明，因为知道敬兰会的规矩，总把话说得有分寸，恰恰不想暴露他的善良。

很快，裴欢准备带着笙笙离开了。

最后出门的时候，陆远柯就在屋子里走来走去，给自己打包行李，他也没什么可带的，几件衣服而已，思来想去，又拿出那张模糊不清的照片看。

裴欢停在门口，跟他说："你可以直接去机场，回叶城的机票都订好了，到了那边，出机场就会有人接你……是你自己的家里人，会里提前帮你通知了他们。"

陆远柯手下一顿，捏紧了那张照片，半天没说话。

她看出来他也许听说过他自己的来历，却因为毫无印象，不知道怎么面对，躲了这么久。她说："你不是敬兰会的人，你是将军之子，应该回到你该去的地方。"

她又扫了一眼他手里的照片，原本没想多话，最终也没忍住，又好心提醒他说："她是一位对你很重要的人，你应该早些回去见她。"

陆远柯终于有些动容，突然转向她追问："你认识她吗？她是谁？和我……我家里……"

裴欢笑了，说："你家里有父母，有她，还有你自己的孩子。"

陆远柯愣在了原地。

裴欢也不再多留，低头示意笙笙和他说再见，小女孩冲他狡黠地眨眼，摆手道："叔叔再见，别忘了哦。"

是啊，别忘了，连孩子都懂的道理，无论曾经发生过什么，只要还有明天，人就一定要向前走。

最精彩的故事也不及生活的万分之一，人生的真相不外乎两件事，活着，爱着，就够了。

毕竟，谁也不知道从悬崖上掉下去的人，会不会再遇见另一场人生。

笙笙平安回家之后没过几天，沐城的气温就逐渐攀升。

隋大夫这一次百般配合，又协调了陆远柯保护裴欢，算是立了大功。他极其不容易地得到了华先生的一句感谢，让他受宠若惊，生怕得到老狐狸的夸奖没好事，又要逼他出生入死，于是隋远只敢留下住了三天，帮华绍亭做了各项检查，确定华绍亭没事之后，就迅速收拾东西回叶城去了。

和天气一样逐渐沸腾的还有那些说不清的事态，敬兰会和军方在叶城剑拔弩张，分明到了最紧张的时刻，兰坊里人人却都松了一口气。

很快，随着陆远柯的回归，事情有了好转的迹象。

会长陈屿在稳定住时局之后，亲自带了大量的东西上门拜访，专程去看华先生。

他来的那天不巧，虽然一切生活都回归正轨，但因为二小姐裴熙暂时还住在家里，下人们都格外小心。

老林出去送笙笙上学了，会长突然来访，刚一进院子，就被下人们拦下了。

打扫的阿姨知道陈屿的身份，态度恭敬紧张，却又没办法，只好如实跟他说："会长，二小姐这几天住在家里，今天情绪不太好，您先等一等。"

话还没说完，房子里已经传出一阵尖叫。

陈屿有点儿无奈，觉得自己真是倒霉，每一次他想来讨好一下华先生，都赶上对方家里不方便，时间尴尬。

幸好裴欢知道他来了，亲自出来迎，陈屿才得救。

他让人把刚修好送来的盆景植物搬进去，放在院子里，等到里边动静平息了，他才从前门进去。

他一边走一边低声问裴欢："没给二小姐安排医院吗？"

"已经给她找了私人的医院，这样能保证安全，但姐姐在暄园里受了刺激，我过去又一直没时间多陪她，好不容易这次回家跟我们在一起，就不着急送她走了，这两天情况有点反复，主要还是一见到我大哥就害怕。"

这种情况，裴欢夹在中间最为难。

她让陈屿进了门，对他说："我以前年纪小，不懂事，发生过那么多误会，本来不想强求他们相处，可是现在既然已经把心结都解开了，也应该适度帮姐姐找回过去，看看有没有办法缓解她的病情。只不过，这几天看起来，闹出反效果了。"

陈屿点头，他知道二小姐和华先生之间是经年累月的紧张关系，只能劝裴欢别心急，毕竟她姐姐病了这么多年，最缺乏的就是与人相处的能力，总要慢慢来。

　　两个人低声说着话，一路走进了客厅，正好看到华绍亭就在窗边，坐在那方茶海旁边。

　　陈屿快步过去，立刻站在一旁，忽然就又变成了过去那个样子，他带着一肚子的话，好像事无巨细都要来找华先生拿主意似的，笔直地在他身侧垂首等着。

　　窗边的人看见来客人了，不打招呼，自顾自捏着一只杯子细细地看。陈屿进不进来他懒得管，陈屿不说话他更不问，最后还是裴欢去拿了茶点过来，打破了两人之间沉闷的气氛。

　　她闲聊了两句，知道陈屿一见华绍亭就紧张，于是也不打扰了，她先上楼，说去拿一会儿要给华绍亭换的药。

　　四下无人，陈屿终于开口叫了一声："华先生。"

　　华绍亭正在看杯子上养出来的开片，观察了一会儿，慢慢地喝了一口茶，这才抬眼打量他说："好好坐下，你是会长，站在我这儿算什么。"

　　陈屿犹豫了半天，最终还是听话地坐下了，却又探身过来，一副恭谨的样子对他说："先生，叶城那边应该没事了，感谢先生愿意替会里解围，要不是我们这次能把陆远柯送回去，恐怕事态紧张，一旦闹僵了无人调停，敬兰会就真的要出大麻烦了。"

　　华绍亭没什么表情，慢慢地用茶水一遍一遍地淋过面前的杯子，由着茶水的香气逐渐漾开，点点头，就算是知道了。

陈屿又问:"我有件事不明白,先生怎么知道陆远柯的下落?他已经失踪很多年了。"

华绍亭其实一贯懒得和陈屿这种说话温吞的人交谈,主要是觉得费劲,这次难得对方问到点儿上了,他算是笑了笑,随手倒了一杯茶递给陈屿,吓得对方诚惶诚恐地接过去,半天端着也不敢喝。

"他本来就是敬兰会救下来的。"华绍亭今天难得愿意坐在茶海边晒晒太阳,并没刻意把窗帘拉上,他脸色不错。他喝着新上的好茶,被这茶水的雾气晕得轮廓浅淡,随意自然地斜靠在椅子上,慢慢地同陈屿说下去:"陆远柯这条线是过去留下来的事了,让人救他没有刻意安排,纯粹是个巧合。当年叶城内部几个家族内斗,敬兰会的人暗中一直在关注,没有贸然插手,他们凑巧发现陆远柯在山路上出了车祸,我就让人把他带回来了,当时陆远柯能不能活下来实在不能指望,好在他自己命大,后来醒了,把脑袋给撞伤了,一直不记事。"

陈屿点头,问:"所以先生也就让人把他留下来了?"

"是他自己不想走,他不记得来历,又被事故吓到了,再去查,能找到的消息铺天盖地,被编排出来好几个版本。他醒过来知道是敬兰会的人救了他,说要留下来报救命之恩,也赶上他还要养伤,医生要观察他脑部的情况。"华绍亭觉得这事确实有意思，总算肯回身对着陈屿，耐心地说，"他是陆将军的儿子，这两年我一直让隋远安排医生照顾他，让他对敬兰会心生感激，就算他将来什么都想起来了，送他回去也有好处，所以我也没让人把他的来历说破，就这样让他糊涂着吧。"

就像最近这些事，陆将军为了找回他这个独生子，必须要卖敬兰会一个人情。

整件事里，华绍亭从未露面，甚至他人还去了暄园，解决二十年前一出恩怨，于是陈屿听下来才发现，华先生其实只是抽空放出一条消息送到陆家，就救了敬兰会。

陈屿手下几乎拿不稳茶杯，紧张着一口喝下去，根本没尝出茶的好坏，他想了好一会儿才敢接话："这次要不是有陆远柯，我确实不知道如何解围，我……"他做了两年的会长，日夜焦虑，一个人心里装了数不清的内忧外患，连一夜的安稳觉都没睡过，可不管发生了什么事，一到华绍亭面前，仿佛都是顺手解决的小麻烦。

事到如今，陈屿带着这一家子人走得坎坎坷坷，他实在根基太浅，凡事没有准备，遇到麻烦就乱了阵脚，还要来求华先生解局，这实在是让他这个会长脸上无光，又窘迫得不敢看身前人的那双眼睛。

华绍亭不再理他，随手从茶海上拿过一个茶宠捏在手里玩儿。那是一只雕刻精巧的蟾蜍，小小一个，沾了水渍。他一边转着那小东西，一边打量窗外。

院子里人来人往，陈屿带来的那些人正在给家里的下人帮忙，一起把送来的几盆修得极其精致的五针松摆好。

窗前正好对着最精巧的一盆，形似游龙，延伸开去，却又探出一个曼妙的角度，修出临水的样式。华绍亭自然知道，这显然是陈屿用了心，专门去找人花费大工夫才造出来的，搭配得格外漂亮，这一下才算入了他的眼。

他欣赏了一会儿，难得提点陈屿两句，说："很多事不是我平白猜出来的，而是因果早就摆出来了，既然事有前因，那后果早晚都会找上门，就比如敬兰会走到今天，已经险之又险，一定会有上边的人来找麻烦。你是会长，每天只盯着眼前这点儿路看没有用。"他一边说着，一边放下了手里的物件，抬手在身侧窗户的玻璃上勾勒，手指轻点几下，就顺着窗外盆景的走势，用手上那点湿润的茶水画出一条将倒未倒的斜干疏影，恰恰是那盆五针松的轮廓，临水而出。

水痕清清楚楚，他点着玻璃告诉陈屿，说："如果你只用眼睛看，都是小事，这盆东西也是，你今天把它修出来这样的样式，如果我扔在院子里不管，只由它自己去活，用不了多久，它就彻底倒了。"

他说话还是这样，数年如一日，清清淡淡少了中气，但就这么凭空几句话，直说得陈屿猛然又站了起来，一身冷汗。

"所以从你今天送来开始，我想的就已经是它未来的结果，考虑从现在开始做些什么准备着，不能让它倒了或是长败了。"他目光忽然落在陈屿身上，又定定地看着陈屿说，"又或者说，哪怕有一天它真要倒了，你作为主人，那种结果你能不能受得了？"

陈屿哪还顾得上想这些，明显自己站都快要站不住，他半天也只能盯着面前那一小块地砖，颤抖着开口说："是，先生，我明白了。"

华绍亭懒得说更多，他轻轻用指尖敲了敲那片玻璃，又提醒似的告诉陈屿："这世界上的事，从来没有无缘无故。"

简简单单一席话，说得陈屿盯着那道水痕，手下控制不住地发抖。

很快，华夫人下楼来了，才总算让陈屿能喘上一口气。

她要给先生手臂上的伤处换药，喊他去沙发上坐着。

陈屿退到一边去了，但他一直也没走，不知道还有什么话要说，华绍亭看出来了，但转身扔下他就走了，径自去找裴欢。

陈屿知道这时候不方便打扰，也只能先从门口出去了，他走到院子里当监工，亲自帮华先生伺弄那几盆盆景。

　　茶海边的那片窗户，刚好就能望见院子里。

　　裴欢往外看了看，手下的动作还不停，把华绍亭衬衫的袖子给他挽上去，一边拆下纱布一边和他聊起来："你又吓唬陈屿什么了？你看他那脸色都不对了。"

　　华绍亭轻声笑，冲着院子那边转头示意给她看，说："陆远柯的事正好能帮会里解围，他非要跑来感谢我，送了一堆东西，还不是给我找活儿干。"

　　那位被他们调侃着的会长，正在院子里指挥人把盆景搬来搬去，说到底他也是一会之长，下人们最懂分寸，不敢真的让他动手，好说歹说，把他劝到一边去监督。

　　这下陈屿两边没地方待，也只好站在窗下，一转身刚好迎向那片玻璃，冷不丁看见客厅里的场面。

　　华夫人，其实没什么变化。

　　昔日兰坊的三小姐，在陈屿的印象里就是个骄纵的姑娘，小时候大家都是一起玩着长大的，那会儿的裴欢人不大，脾气不小，过去日日给先生惹麻烦，偏偏华先生就是捧在手里放不下。

　　她总是像花一样，却又不只是柔弱漂亮，她笑起来的样子，好像总能向光而生，开出炽烈的影子，每每让人见了她，就明白为什么先生把她当命一样守了那么多年。

　　就好比现在，她肯定师承隋大夫，把换药的步骤学得清楚，可实际做起来又透着业余，做好消毒后她轻轻地低头吹，学不到八成像又控制不好力度，惹得华绍亭一直皱眉。

她心虚了，非要一脸严肃，还要去怪他不配合，闹出点顽劣的小性子，他反倒就是喜欢。

华先生平日里那些排场阵仗大了，过去他在兰坊，谁敢惹他稍有不痛快，都没什么好下场，唯独对着裴欢例外，他是觉得疼了，很不舒服，但是真就忍下了，一句话都不说。

直到最后，眼看裴欢自己都觉得不合适了，不敢乱碰他的伤口，手忙脚乱，忍不住笑得直不起腰，脸又凑过去，似乎在问他是不是很疼。

她自然地盘着一条腿坐在沙发上，一笑起来，过去抱住他的肩膀，华绍亭也就顺势把人拥到怀里，还得他亲自拿了新的纱布，给她演示到底怎么贴。如今这年代为了透气，都是浅浅覆上一层就可以了，她却跟电视里绑伤员一样，非要给他在胳膊上绕圈。

裴欢笑得止不住，格外认真地学，他好像是抱着抱着觉得她瘦了，冷不丁掐住她的腰，打量她浑身上下，说了一句什么，惹得裴欢的脸一下就红了，不听他说话了，很快就起身让开了。

最后用了半个小时，裴欢总算重新把华先生的伤口照顾好了。

缝线用的都是可吸收的材料，只不过隋大夫嘱咐过，要隔两天看一看，重新进行消毒，打开观察愈合情况。还好这都不是什么大事，不然陈屿这么看下来，他心里琢磨着，万一再多些麻烦步骤，可真要难死华夫人了。

身后有人喊他，他赶紧收回目光，一回身，正好看见老林，他送完孩子上学，刚刚回来。

对方已经从外边走进来了，直接到了院子里，一言不发直直等在会长身后，把陈屿吓了一跳，只好掩饰性地清了清嗓子。

老林端着一副标准待客的笑意，口气恭敬地向他问好，又说："会长既然都来了，就别在院子里看了，还是进去吧？"

陈屿实在不好意思解释自己为什么不在里边等，客厅里夫妻两个正一处腻着，他再提外边的事太煞风景，只能硬着头皮被老林引路，又走了进去。

老林自然最有规矩，这次他回到家里，总算给了陈屿一个正常的接待。

陈屿也堂堂正正地被迎到沙发上坐，裴欢正在收拾换药的东西，华绍亭自己把衬衫整理了一下，也不说别的，抬眼盯着陈屿问："你还有什么话？"

对方不走，显然还有事，但是不好说，就耗在他这里磨蹭。

陈屿看向了裴欢，一时语塞，但华绍亭却毫无避讳，直接告诉他："说吧，都是家里人，我答应裴裴了，以后什么都不避着她。"

陈屿也只能如实说："先生肯定明白，这次的事看起来是都太平了，可是韩婼那边，不对劲儿啊。"

裴欢手下一顿，忽然又抬头问他："有什么不对劲儿的？她不是都已经安排回去下葬了吗？"她亲眼所见，那个女人连同那座不祥的水晶洞一起，前几日统统都被从沐城送走了。

华绍亭听了这话一点儿都不意外，脸上忽然浮出些笑意，似乎觉得陈屿这一次有长进。

他开口说："韩婼的事你们都是后辈，我是过来人，当年她被处理得很干净，多少年都没动静，突然在这会儿回来了，还知道会里的情况，清明那几天竟然能找到家里来。"他腕子上盘了一串新挑出来的沉香珠子，手指轻轻捻着，又开口说："疑点太多了，她被撞，还被烧伤，重伤之后没有行为能力，是谁养了她二十年，是谁知道我还在，又是谁给她灌输回来报复我的念头？"

从进入四月份以来，事态逐渐失控，奇怪的变故层出不穷，而且全都赶上军方盯紧敬兰会的时候爆发，明知道整个兰坊内忧外患，形势危急，有人故意在幕后放出一段二十年的旧怨出来添乱，这不会只是巧合，假如没有陆远柯出现解局，假如韩婼最后在暗园赢了华绍亭，那今时今日的情况会演变成什么样？

他们一家人不会再有机会回来，甚至整个敬兰会乃至兰坊那条街，应该早都出了事。

这天还是清晨时分，房子里一切如常，他们三个人在客厅坐着，随便聊一聊，本来都该说些家常话，可惜眼下……都是不一般的话题。

那座暄园竟然还有鬼，草木焚尽了，人心却不死。

裴欢浑身一震，不由自主回身看向华绍亭。

他还是有些懒散地靠在沙发上，开口只有一句话，不轻不重，却又说得人心里发冷。

华绍亭吩咐陈屿："你回去应该好好查一查，这二十年来，是谁救了她。"

第十九章 · 大梦初醒

　　自从会长来访之后，所有的事就随着他送来的几盆盆景一起落了地。

　　当天陈屿是满腹忧虑离开的，但此后的一个星期却格外平静，什么事都没有发生。

　　裴欢又亲自去筛选了几家合适的医院，最后定了条件最好的一处，原本她想等天气再暖和一点儿就送姐姐住进去，但华绍亭这次不着急，想让裴熙在家里多留一阵儿。

　　裴欢的顾虑比他还多，比如华绍亭他自己的身体也不好，姐姐的精神状况太不稳定，难免有吵闹，但他这次却一反常态，对裴熙的事非常上心，还特意让老林去买了很多画材回来，说都送去给裴熙解闷。

　　赶上今天是个周末，孩子不用去学校，一家人全都没有外出的安排，刚刚吃过午饭。

笙笙在手工课上新做了一个陶艺罐子，难得均匀周正，被老师夸奖了，周五放学她就兴高采烈地把它带回家了。今天早上起来，华绍亭正好看见，就拿在手里打量。

裴欢又和他说起来姐姐的事，他一边玩儿那罐子，一边过来安慰她说："家里有孩子，大家在一起能高兴一点儿，阿熙每次看见笙笙情绪就缓和不少，总比她一个人在医院里让人放心。"

裴欢当然知道这样最好，可她发现这一次把姐姐接回来住之后，她自己心里总是不安，具体的原因她说不上来，就像好不容易守着的一袭锦绣缎子，艳丽漂亮，好不容易熨平整了，日日盼着，等到真一穿上身，才发现内里都是看不见的褶皱，硌得浑身生疼。

这种直觉衍生而出的认知，总让她觉得还有什么事不对。

按道理，裴熙过去受过刺激，一见华绍亭总是激动，这不是什么新鲜事，大家也尽量照顾她的情绪，只是这一次，她发现姐姐除了刚回来那几天情绪格外暴躁之外，很快就变得过分安静了。

裴熙依旧终日保持沉默，几乎不说话，也无法集中注意力，她做事情重复偏执，但除此之外，她每天都保持大量的时间对着窗外，一动不动站着，似乎是在思考什么事情。

这状态让裴欢有些担心，一直以来大家都习惯了裴熙疯癫之下随机的行为，唯一有规律的事，可能就是她喜欢写写画画，但如今她无缘无故，突然不再对着华绍亭发狂，倒让人觉得有些古怪了。

裴欢不知道姐姐在想什么，问也问不出有用的答案，姐妹之间这样僵持的状态又回来了，一切都像退回到当年。

那时候大家还在海棠阁，裴欢突然发现自己怀了笙笙。那年出事之前，她姐姐就是这样，总是避开所有人，找地方静静出神，大家总以为二小姐是在无意义地放空，可最后她却偏激地对亲妹妹下手……

所以到了眼下，裴欢实在没法形容这种忧虑，只好不断让自己放宽心，好在华绍亭的话不无道理，孩子总是惹人怜爱的。而后几天，有时候笙笙放学回来会在楼上放音乐，然后去姨妈的房间看她，裴熙的反应也温柔不少。

小孩子心性单纯，自然没有大人的顾虑，主动地想要亲近裴熙，而对方也出乎意料地对笙笙的存在表现得极为平静。也许是因为她脑子还乱着，不清楚笙笙是谁的孩子，也许是她彻底不认人，反正只要小姑娘一去找她，她就会任由小姑娘拉住自己的手，和笙笙一起坐在桌旁画画。

有时候从门口看进去，房间里两个人都成了孩子，一样都是七八岁的光景，平和天真，无忧无虑。

裴欢问过女儿，姨妈有没有和她说过什么，但笙笙摇头，说姨妈对她很好，给她画了很多小猫，也从来都不冲她嚷。

这下裴欢彻底放松下来，也许确实是她过度敏感，她只能让自己不要再胡思乱想。

今天大家都清闲，她陪华绍亭泡了一壶茶，刚坐了一会儿，笙笙就从楼上跑下来了，怀里抱着一堆颜料。

她从爸爸手里把自己做的那个小罐子接过去，坐在地毯上，开始给罐子上色。

笙笙显然是刚从裴熙的房间里出来，仰脸冲他们笑，高兴地说："姨妈今天心情挺好的，开口和我说话了，我问她喜欢什么颜色，她说让我涂一个红色的。"

她就很认真地低头开始选颜料，华绍亭也难得动动手，弯下身帮她找，又回头对裴欢说："你看，阿熙很喜欢笙笙，我现在都只能借女儿的光，这两天她见到我态度好很多了。"他说着摸摸笙笙的头，叹了口气说："阿熙应该慢慢试着和人说话，也许就能好起来，你也不用总想把她送到医院去住了，家里人陪着她，要比护工好多了。"

其实她心里当然不愿意让姐姐总是住医院，可是以前实在是没办法。

那是裴欢的亲生姐姐，如果姐姐能好转，她自然比谁都高兴。

这段时间沐城的天一直放晴，阳光特别好，下人们在落地窗旁铺了一大块地毯，让孩子可以多晒太阳。

虽然是春夏之交，但一直也没怎么下雨，市区里渐渐飘了柳絮，治理了十多年之后，到了这时候已经不算严重。阳光充足的日子里，一整座院子充溢着浓郁的绿。

窗边的孩子一笔一笔描着红色，和周围的色彩对比过分明显，一下显得她手里那罐子格外刺眼。

生活过于轻松，反而让人不习惯，明明是人间最普通的日子，却活像一锅突然断火的沸水，戛然而止，总显得有些反常。

裴欢盯着那抹艳丽的红颜色，突然想起女儿说这是姨妈选的，她心里又泛起一阵不安，她也咨询过医生，姐姐最近的表现确实是好现象，但恰恰因为血浓于水，她能更清楚地察觉到对方微妙的变化。

裴欢真的不知道这一切是喜是忧，也只好安慰自己，哪有什么比现世安稳更重要？

眼看到了一天之中阳光最好的时候，老林特意让屋子里多透透光，把窗帘都拉开了。

虽然还没到盛夏，但院子四周的树已经缀满了叶子，光线层层打进来，正好能让笙笙晒到太阳，大人们也就由着她坐在地上玩。

今天一起床，裴欢给她的小女儿梳了个好看的发型，编了一头复杂的麻花辫子。笙笙刚好对光而坐，正在上颜色，侧脸的轮廓小而纤细，显得毛茸茸的，活像只小猫咪一样。

小孩子这么乖巧又认真的模样实在太可爱，直惹得裴欢也放松下来。她陪着女儿坐过去，情不自禁抱着这小东西狠狠亲了一口，又看着孩子在地上摊开一堆东西，她和女儿说好了，要帮女儿挤颜料。

华绍亭一看裴欢要加入，很快就起身避开，由着母女两个去玩。

他坐在沙发的另一边去重新拨弄香炉，还没等过去五分钟，对面就传来一阵笑声。

果不其然，裴欢一加入，帮的都是倒忙。小姑娘本身下手就没轻没重，一不小心颜料挤多了，裴欢想帮她接过去擦，结果一按下去又多出来一坨，蹭到两个人手上都是红彤彤的。

华绍亭一早猜到又是这种结果，也不理她们，自顾自去重新添了香。

裴欢和孩子笑得倒在地毯上，笙笙比妈妈懂事，还记得高高抬着手，不把四周的东西蹭脏，她小声嘟囔说："这是爸爸最喜欢的地毯，前两天林爷爷抬出来换上的时候，他还说千万不能把水洒上，一定要看好。"

华绍亭很是欣慰，他腾不开手，背着身扫桌上的香灰，只回头轻声笑说："将来可真是要指望你了，你妈妈才不记得这些，我有多少宝贝她都敢胡乱拿去折腾。"

裴欢倒不客气，故意晃着满手的红颜料在地毯上来回摆动，假装要碰上了，成心给华绍亭添堵。她一边逗他，一边听笙笙窝在身边学父亲的口气，说道："都是难得的手织地毯，这么大面积的就这一块了……"

女儿和父亲实在相似，于是笙笙学他连神态都一样，直把裴欢笑到仰躺在地毯上，她手上脏了又不好借力，半天起不来。

华绍亭拍掉手上的香木粉末，对着光仔细擦干净手指，他一直由着母女两个在地上胡闹，过了一会儿才慢慢地走过来。

裴欢笑得一张脸泛红，躺在地毯上看他，身边的笙笙已经爬起来了，这小家伙极聪明，一看爸爸的眼神就马上开始卖乖，叫他一声，顺势撒娇，华绍亭一句话就把她打发了："快去洗手。"

笙笙"嘿嘿"地笑，飞快地起来跑了，扔下罐子和妈妈，外加一地的颜料盒子。

阳光温热，实在太舒服了，晒得裴欢还不如一个孩子，懒洋洋地赖着，不想从地上坐起来，还偏要招他，向上方的人伸手说：

"拉我起来。"

华绍亭刚把手擦干净，自然不愿意碰那些乱七八糟的颜料，他就在原地站着，明显没什么表示。

裴欢无奈，说："那我就直接摸地毯了啊。"话还没说完，只看见上方的男人突然俯下身，她实在没反应过来，已经被他拦腰抱住。

华绍亭的手指凉，直接顺着裴欢腰间的衣服探了进去，她腰上经年戴着一条极其精巧漂亮的链子，全是细细密密的白奇楠珠子，这么小直径的仅此一条。他习惯性地顺着按过去，上边那些珠子就顺着她的皮肤不断滚动。

那感觉奇妙又暧昧。

他毫无顾忌，也就这么顺势在她身边躺下去了，两个人身侧就是厅里大大的落地窗，直对园子里的草木，无遮无拦。

一片日光烧在身上，惹得裴欢也不知道是哪里在发热，莫名浑身都烫了。她没他那么好的心态，实在不好意思，于是推着他要起来，手边一抹红色的颜料差点儿就蹭在他身上。

华绍亭的声音就贴在她耳畔，轻轻地压过来，还握住了她的手腕，不许她乱动，他只说一句话，说得裴欢脸更红了："还学会威胁我了……是我抱你上去，还是自己走？"

她忍不住笑，使劲摇头示意自己不敢再招他，又把脸往外看了看。

他们前后都是自己家的院子，虽然不会有外人，但这天光大好的时候，这姿势实在微妙，家里的下人都在，裴欢脸皮薄，低声哄他一句："一会儿笙笙回来了，起来吧。"

可惜华绍亭这样记仇的人，睚眦必报。

他刚好抓住她那些带颜料的手指，就趁着这机会，抱住她的腰把人托起来，又顺势向下逼着她的手，直接把颜料蹭在了她自己的颈上，压出浅浅一道红色的印子。

她"啊呀"一声，觉得不好洗掉，气鼓鼓地怪他，这角度光线好，那条印子的颜色又和春光一样，实在艳得漂亮，一瞬间教人目眩神迷，连满院刚绽开的桃花也比不上。

明明只蹭脏了一处，可等裴欢终于站起来的时候，连耳根都红透了。

她看着他，忽然又凑过去，一张脸都要紧紧贴着华绍亭的耳后，就和那些数不清的猫科动物一样，半吻半咬着，非要当下还他一口。

她就只想着这几乎能让人一眼就陷进去的温暖，是这日光，也是他。

"大白天的还想干什么。"她得了便宜还要抱怨，一得逞就迅速起身走了，一边擦颈上的痕迹一边往楼上去，还示意让华绍亭留下，好好陪女儿画画，"我去擦干净，不然干透了。"

他们两个人在楼下闹了半天，相反楼上就安静多了，一直没什么声响。

房子里的下人都跟着他们在客厅和厨房，从午饭之后，楼上就只有裴熙，她可能是回房间睡着了，也没再有什么动静。

裴欢顺着楼梯一路走上去，忽然看见黑子变了方向，蛇一向都喜欢阴暗潮湿的地方，如果没有特殊的情况，平常黑子一向趴在走廊尽头，那地方面积不小，是华绍亭专门给它布好景观的浅水池。

但今天黑子一反常态，直直地立起前半身，就趴在他们主卧的房门之前，冲房间里不断吐着芯子。

裴欢有些奇怪，四下没有声响，一条黑曼巴却无缘无故摆出攻击的状态，连她也不敢再乱动，只能顺着墙壁慢慢地靠近它。

黑子逐渐平复下来，重新退到走廊尽头，裴欢这才能安全推开房门。

毕竟这条蛇曾经救过华绍亭的命，动物的反应有时候比人敏感太多。她不由有些警惕，没惊动任何人，先向卧室里看了看才走进去，四下安安静静，没有什么异样，不知道是什么原因惹得黑子这么紧张。

她松了一口气，转到洗手间里准备擦掉颜料的痕迹。

裴欢找来毛巾打开水，刚一抬头对着镜子看，忽然吓了一跳，叫声几乎卡在嗓子里，半天出不了声。

她身后无声无息站着一个人……竟然是裴熙。

对方并没有睡午觉，散着长长的头发，穿着一条暗色的裙子，就这么不说话也不动，突兀地站着。

那裙子是黑色的底，上边隐隐绣着暗红色的花，裴熙穿了有点长，就从头一直延伸到脚踝处，显得整个人苍白而病态。

裴欢给她买过很多东西和衣服，但独独这一身裙子不是裴欢买的，是裴熙从暄园一路穿回来的，家里人都给她洗过换过收拾好了，不知道她今天怎么又翻出来自己穿上，好像很是喜欢。

裴欢被姐姐冷不丁吓了一跳，也顾不上别的事，试探着喊她，问她怎么跑到这里来了。

对面的人一双眼睛直勾勾地盯着她，裴熙平常几乎不给任何回应，但今天却开口说了话，问她：“姥姐呢？”

这一句冒出来，裴欢不知道怎么回答，韩姥给她姐姐留下了太深的印象，前后因果连一个清醒的人都未必能接受，何况裴熙已经是这样的情况，于是她也只能先安慰着说：“她不在这里，现在我们回家了，你四处看看，这不是暄园了。”

她说着想靠近裴熙，但裴熙突然退了一步，又往外走，裴熙绕过隔断，经过他们的衣帽间，一路回到卧室，好像真的在前后打量四下的环境，突然又回头问裴欢："你和大哥住在一起？"

此时此刻的裴熙像是突然醒了似的，她在来回走动，而且还在问话，说的内容也不再是胡言乱语，但这一次裴欢却有些害怕。

她越看越觉得姐姐的目光不对劲，清醒而明确，却又直直的，泛着冷，显得不那么正常。

裴欢下意识地靠近她，问她为什么要到他们的卧室来，裴熙还是一样，目光冷如死水一般，又说："你不听我的话，非要和他在一起，还不敢告诉我？"

"姐……"裴欢终于明白了，裴熙这是一下子跳回到了很多年前，大家还没有离开兰坊的时候，那会儿她和华绍亭住在海棠阁里，裴熙曾经用尽各种方式阻拦，却都没有用。

裴欢实在不知道怎么跟姐姐解释，就只好先不乱说话刺激她，让她自己缓一缓。

裴熙四处查看，一旁正好摆着华绍亭的香案，她走过去盯着看了很久，好像很好奇。

案上散着他们早起拿出来的沉香料子，一块一块散发出沉静的味道，这味道似乎太过熟悉，引得裴熙不知道在想什么，最终一双手都伸过去，慢慢地翻动。

"你记起来了，是不是？"裴欢试图接近她，但刚走过去，姐姐就很敏感地回头看，她一看有人要靠近，哪怕是裴欢，也很紧张地浑身一颤，手下不由自主扶住了那一方香案。

"没事的，是我。"裴欢尽量放轻脚步，也不再乱动，示意自己并不想吓到她。

裴熙今天穿的裙子实在很长，不小心拖拽在案角上，紧张之下直接碰翻了香炉，铜质的器具砸在实木地板上，瞬间有了动静。

楼下很快有人上来，脚步声越来越近。

估计是下人听见东西倒了，想上来帮忙收拾。

这时候绝不能让人进来，一看到陌生的外人，恐怕裴熙的情绪又要失控了，于是裴欢正想开口说话把人拦在门外，结果来人却径自走进来了。

"裴裴？"华绍亭一进来就喊她，目光扫到一旁站着的裴熙，也就停在了门口处。

他伸手要把裴欢拉过去，结果刚一伸手，裴熙突然定定地转向他，猛地冲了过来。

"你别碰裴裴！"她几乎瞬间就喊了起来，跑过来狠狠地推开裴欢，不许她靠近华绍亭。

裴欢毫无准备，被她的喊声吓了一跳，又被她狠狠拉住一推，差点儿摔在地上。

她想着不能让姐姐歇斯底里再发病，结果一抬头，却看见裴熙手里竟然还握着东西，是一把小而尖的香刀。

那本来是他们放在香案上用来切香木的小刀，此时此刻被裴熙捏在手里，只露出最锋利的刀刃，她发了狠，笔直冲着华绍亭扎了过去。

她是真的用上了力气，狠狠地瞪着他，摆明了是想豁出去跟他拼命。

裴欢这下急了，追过去，从姐姐身后拉住她的胳膊，于是那刀就离华绍亭一步之遥，他不动也不躲，一直就那么站在门口。

裴熙力气用得大了，逼得她自己浑身都在剧烈发抖，裴欢拼命在身后喊她让她冷静，可裴熙恨得咬牙切齿，抿着唇角不说话。

华绍亭由着她发疯，伸手拧住她的手腕，迫使她放下刀。裴欢从她手里把东西硬掰了出来，他迅速接过去扔出门外，又反手把裴欢拉到自己身边，轻声安慰了一句："没事，她现在是清醒的，就记得恨我了。"

她知道姐姐此时此刻说的不是胡话，可越是这样越可怕，她担心姐姐又要干出什么伤人的事，毕竟华绍亭再怎么也不可能和裴熙还手，不管最后伤的是谁，两个都是她的至亲。

裴欢被逼到绝地，左右劝不得，真是急得不知道怎么办才好，于是哽咽着，近乎哀求，对裴熙说："姐，算我求你了，冷静一点儿，我们好好谈一谈，行不行？"

事到如今，她和华绍亭这一辈子早无转圜余地，唯独姐姐不肯认。

裴熙散着的头发都乱了，因为用力过度，她平复下来剧烈喘息。

她今天确实像是醒过来了，只是不知道记起来的都是哪一段，她看向裴欢，那目光又恨又心疼，于是脑子里好像只剩下一件要紧事，一定要让妹妹离开华绍亭。

裴欢一步一步试图接近她，她一靠近，裴熙就往后退，最后退无可退，死死靠在那扇藤雕隔断之上。裴欢这才好不容易走到她面前，眼下说什么都没用，就只有一句话："你看见笙笙了，是不是？她都这么大了……别再逼自己，全都放下吧，好不好？"

不管裴熙当年做过什么，都是她的姐姐，裴欢不愿意在亲人与家庭上再做取舍，只希望姐姐能放下心结。

裴熙看着她摇头，认真地警告她说："你会和姥姐一样的下场，他会害死你的！"她说完突然往外走，裴欢拦着她，想要拉她的手，被她一把甩开了。

裴熙走出了卧室，环顾四下，眼睛里露出分外陌生而恐惧的目光，但又不像是那种疯癫的状态，好像真的只是不认识。

她一边下楼，一边说道："我要回去。"

裴欢追过去，试图给她讲清楚，他们现在都住在这里，但裴熙却不信，她下了楼，对着客厅反复问："这是什么地方？我要回兰坊。"

笙笙已经洗过手，把那个手工的罐子涂好了颜色，正想拿给姨妈看，突然发现情况不对，她只能坐在地毯上，一时不敢说话。

华绍亭和裴欢一起追下楼，老林很快听见动静，拦住下人们，让大家不要随便刺激二小姐，都退到了餐厅去。

裴熙很快就看见了笙笙，她一瞬间僵在原地，好像第一次真正见到笙笙一样，竟然露出了难以置信的表情。

笙笙被她陌生又狐疑的目光吓到了，小声喊了一句："姨妈？"

华绍亭一个眼神就让女儿迅速安静下来，笙笙知道这时候不能乱说话，于是乖乖地坐在地毯上，他很快过来先把女儿从地上带走，让笙笙远离客厅。

他把笙笙送到老林身边，低声吩咐下人们，谁也不要出去。

孩子被抱走，有些不知所措，于是手里的东西没拿住直接掉了下去，它刚上好颜料，根本没干透，直接砸在了那块米灰色的羊毛地毯上。

陶罐一路滚开，沾出了一条触目惊心的红印子。

裴熙迅速被这浓烈的颜色吸引了，她走过去弯下身，用手指触摸那颜色，反反复复，又开口说："当年婼姐的血，也是这样。"

裴欢试图说点什么，想要打断她的思绪，不能让她再胡思乱想，可裴熙现在思绪很清楚，并没有发疯。她变得格外警惕，但凡房子上下有一点儿动静，她就迅速去看，远比常人敏感，谁也不能靠近她。

她伸手把陶罐捡起来，又小心翼翼像端着一件艺术品一样，慢慢地将它放在桌子上，整个动作轻而慎重，全部完成之后才重新站起身。

她转过身看着妹妹，这么多年第一次主动开口和裴欢说话，意思很简单："我想回去。"

"去哪儿？"

"回家，回兰坊。"裴熙的声音很平静，她确实看起来十分清醒，因此这话才显得格外突兀，也让他们更加担心。

华绍亭走到沙发旁边，裴熙显然与他有太多隔阂，一直和他保持距离，但也不再冲动地贸然行事，她仿佛是在一瞬间就冷静下来了，又转向他开口，尽可能带着一丝恳切，几乎算是央求地问他："大哥，可以让我回去吗？"

华绍亭的手抚着沙发，指尖点着那些柔软又带了韧性的皮面，腕子上的香珠很快就在上边压出一道痕迹，他听见了裴熙的要求，却迟迟没有回答。

最终，他的目光落在对方身上，带着十足的压迫感，盯着她那双眼睛问她："为什么想回去？"

"我看见了不该看的，而你不希望裴裴知道。"裴熙有些后怕，慢慢地向后退，她的想法直来直往，完全不绕弯子，一句话说得清清楚楚，"这是你们的家，不是我的。"

"好。我让司机送你，你想去什么地方，都可以告诉他。"

这两个人几乎面对面很快就做了决定，只剩一旁的裴欢满脸震惊，她不知道华绍亭为什么要答应这种匪夷所思的要求，如今裴熙是个病人，需要密切监护，今天只是暂时性好转，不可能随便让她外出。

裴欢不同意，跑过去企图阻止，让他不要安排司机，可华绍亭的话却又说得明白："你看看阿熙的眼睛，她知道自己在做什么。"

裴欢自然清楚，却完全高兴不起来，她看着姐姐就像看见了那袭缎子，好不容易藏在心里此时此刻突然穿上了身。

可是华绍亭说得对，裴熙清醒的时候是个活生生的人，他们谁也没有权利在她有自主意识的时候强迫她做任何事，谁也不能再把她关起来。

司机很快就把车停在了院子外边，下人们上楼帮二小姐拿了外套和遮阳伞，裴熙太久没外出，这些都是必需品。

裴欢想陪她一起回去，被华绍亭拦了下来。她实在为难，也只能眼看着姐姐走了出去，她心里实在懊恼，完全不知道好端端的一家人正在过周末，怎么突然闹成了这样。

"她不该回去，兰坊现在根本没人照顾她。"

裴欢着急，想了又想，还是想追出去。华绍亭抱住她，强迫她安静下来，和她一起站在窗边向外看，裴熙头也不回上了车，很快就离开了。

他轻声说："阿熙突然要回兰坊，没事最好，有事的话……我们就静观其变吧。"

裴欢不知道他什么意思，但听着听着心里忽然闪过一个念头，她想起从暗园回来那一天，大家在兴安镇上的小医院里暂时中转，韩婼被推出来，那是她最后一次见到那个女人，也是韩婼此生最后一次开口说话。

对方没头没尾地一直在喊她姐姐的名字。

当天裴欢受尽惊吓，恸哭之后根本没有心力多想，事到如今，她却觉得韩婼那句话别有深意，当一个人重伤之下已决心赴死，还有什么事值得反复提醒？

裴欢再也不敢想下去，眼看送姐姐离开的车已经开出道路尽头，她克制不住发抖，把韩婼临终曾经说过的话全都告诉了华绍亭。

她脑子里已经想出一千种离谱的可能性，就在这三两分钟里，几乎把敬兰会上上下下都担心了个遍，她紧张到气都不敢喘，一口气把前后因果都说完，可华绍亭却半点忧虑都没有。

　　他竟然还有闲心取笑她，让她先去把笙笙叫出来，又去可惜那块被弄脏了的地毯。下人们一看华先生没有更多的吩咐了，很快就解除了警惕，人人各归其位。

　　他告诉她不用过度紧张，说："不过就是过个周末而已，阿熙好不容易情况好转，她想回兰坊，就让她去看看吧，那条街上那么多人，你放心，饿不死她。"

　　他说完就特意吩咐老林："打给会长，提前通知一声，告诉他二小姐回去了，让他们好好照顾。"

　　裴欢亲自跟着老林去打电话，直到听见陈屿的各种保证，一颗心才落了地。

第二十章 · 终生之念

　　而后的一个星期，兰坊安排了陈家的亲戚去西苑，固定和家里联络，方便裴欢随时了解姐姐的情况。

　　裴熙执意离开他们现在的家，非要住回兰坊，但她没去海棠阁，也没去麻烦丽婶，相反，她一个人要求回西苑去住。

　　陈屿请来医生评估过她的精神状态，说她暂时有好转，目前没有过激行为，也就都遂了她的心愿。

　　西苑那处地方其实在兰坊算是个冷门的院落，有一大片林地将它和主要街道隔开，只能步行进入，也不通车。华先生还在兰坊的时候，曾经专门安排裴熙在那里疗养过，因此，"西苑"在裴熙过往的经历里留下了很深的印象，她现在就把那里当成了家。

　　也好，裴熙孑然一身病到如今，逐渐好转后能选择一个不被打扰的住处，无意再和华先生起冲突，这就算是三人眼下最好的相处模式了。

到了五月份，沐城的温度已经像是入了夏，这一周以来气温持续走高，再加上他们住的小区里绿化实在太好，繁茂的植物迅速蔓延开来，午后已经能听见蝉鸣。

裴欢今天给女儿换上了小裙子，帮她干干净净梳了个丸子头，衬得一张小脸圆乎乎的，格外可爱。

笙笙对着镜子看了一圈，又翻出来一个蝴蝶结的小卡子，说要别在头发上。裴欢接过去照办，弯腰逗她说："我像你这么小的时候，和疯小子一样，每天穿个背带裤满街跑，哪知道穿什么裙子。"

小姑娘实在长得快，这才几年，人长高了也懂事了，她看着卡子别好了，摸着看，还说："我是女孩啊，要有个女孩的样子。"

裴欢一听就知道她是从华绍亭那里学来的，于是笑着拍了一下她的头顶说："他说话的口气你倒是学会了。"

裴欢拉着孩子下楼，走到厅里的时候，看见华绍亭背对楼梯的方向而坐，正在看窗外，于是她又想起什么，小声又补了一句："万幸，性格没像他，不然肯定没有小朋友愿意和你玩儿了。"

老林已经等在门口准备送她们出去，听见这话动了动嘴角，但最终也没笑，只是回身看了一眼窗边。

华先生从早起就有事忙，今天他让人在茶海边上单独放了椅子，为了看阳光的位置。他从早起就拿了本书守在那里，观察了半天的工夫，不能让太阳直接晒到他那盆瑞祥五针松上，但又不能完全背光。

这就又是会长干的好事了，陈屿前两天又跑来一趟，说不知道从哪里找了好东西，从日本大老远把这名贵的品种运回来给他，说都是几百年前庄园里留下来的老桩。

华先生这才总算给了他好脸色，后来又把人叫去了书房，不知道都说了些什么话。

裴欢看他还真喜欢这盆盆景，就只能嘱咐老林说："别忘了一会儿提醒先生吃药，外边太热了，劝他别去院子里了。"

"是，夫人放心。"

今天笙笙和两个小朋友约好了，要去公园玩，裴欢陪她去，而华绍亭一向不在这么晒的时候出门，这种带孩子去玩的事自然指望不上他。

老林看笙笙已经把鞋穿好了，先给她开门，放她先出去等，结果小姑娘回身要找爸爸，站在大门口冲窗边喊，让他看自己的新发型。

华绍亭回头和她招手，说了一句："过来。"

笙笙就不管不顾穿着鞋踩进去了，蹦着高，要给爸爸看，说林爷爷都夸今天妈妈给她梳的发型很可爱。

华绍亭很是欣赏似的点点头，又把他的小女儿抱在腿上，十分认真地打量了一下她的新裙子还有丸子头，忽然又瞥了一眼门边的裴欢，轻轻地和孩子说："告诉你一个秘密。"

小孩自然都喜欢出去玩儿，笙笙今天打扮好了，特别高兴，格外乖巧地靠在爸爸怀里。

华绍亭只用了三个字，一下就让她坐不住了，他低头在她耳边说："梳歪了。"

小姑娘一张脸立刻垮下来，"啊"的一声跳下去直冲裴欢跑过去，这下家里炸了锅，小祖宗怎么也不肯出门了，在门口闹，要妈妈重新给她梳头。

这下老林才是真的忍不住了，笑了半天才和裴欢说："先生这是听见您刚才背后说他了。"

裴欢已经来不及反击，被小姑娘拖到穿衣镜前，反反复复地照镜子。这一下看出来，还真是有点儿梳歪了，她也就只能认命，回头瞪窗边，那个火上浇油的人却乐得自在，根本无心替她解围，一脸轻松地正在翻书看。

裴欢只好重新给孩子梳头，她哪知道这小姑娘这么不好哄啊。

镜子里的笙笙气鼓鼓的，一脸被妈妈敷衍了、有些不开心的样子。裴欢戳她的小脸逗逗她，对她说："我小时候都是阿姨给我梳头，有了你……你看，我才好不容易学会的。"

这倒是真话，要不是因为有了孩子，她哪有这么多的耐心，哪能长出一颗坚定的心。人只有面对自己生命的延续，才知道心中能有多少百死不悔的爱和勇气。

小女孩只懂简单欢喜，不太理解妈妈在想什么，很快被分散了注意力，又高兴起来。裴欢从镜子里看着她，忽然有些感慨，七年时光转瞬即逝，她的女儿都长这么大了。

裴欢把她的裙子整理好，给她看镜子里的人有多漂亮，哄着她说："好了，妈妈也是第一次当妈妈啊。"

华绍亭已经走过来了，听见她这句话总算笑了笑，半靠在门边，准备送她们出门。

裴欢一站起身，正好对上他那双眼睛。

华绍亭今天心情也不错，他手臂上的伤好多了，于是只简单穿着在家的衣服，姿态悠闲。她一时被他这副从容慵懒的样子吸引到，伸手挽住他。

华绍亭顺势揽住她的腰，她手里还牵着他们的女儿，于是这一时片刻，裴欢又觉得何其有幸。

每个人走过的春秋岁月最终都会刻在身上，他也曾经意气飞扬，万人之上，但是此时此刻只把一生的温柔给了她。

她遇见的事大多都是第一次，第一次爱一个人，轻易就动了终身之念，但因为他，她从来没尝过求而不得的苦。

人生下过这么多场雨，只有他一直把她留在晴朗里。

裴欢就在门口处仰脸看他，热烈而艳丽，就像院子里那一丛刚刚盛放的玫瑰，开出明媚的粉红颜色。

他由着裴欢这点儿小心思，笑着把人揽过来，低头吻在她的额头上。

笙笙拉着妈妈的手直着急，把她往外拽，一个劲儿地催道："要晚了，回来再秀恩爱。"

裴欢被她直接拉了出去，裴欢看女儿今天这么高兴，决定陪她走一段路，一起晒晒太阳，于是让司机先到小区外边去等。

她们刚一出门，房子里的电话突然响了。

华绍亭听见了，却不动，他依旧开着门，就站在门前的阴凉处透气，吩咐老林回去接电话。

他一直看着裴欢和女儿走得远了，孩子最近这段时间心脏的情况一直很稳定，又正好到了活泼好动的年纪，于是蹦蹦跳跳地踩上花坛边缘，让裴欢一路扶着。

走出去一会儿了，笙笙还回身往家的方向看，她远远看见爸爸还在外边，就冲他的方向做鬼脸。

华绍亭被孩子逗笑了，觉得实在有意思，也就多站了一会儿，没过多久，老林接完电话回来了，在大门内侧一直等着他。

　　裴欢和孩子已经走出了视线范围，华绍亭却没有急着进去，他并不回头，目光落在那些刚绽放的玫瑰上，看着它们很是欣赏，过了一会儿才想起什么似的，轻声问一句："怎么了？"

　　"会里出了变故，应该是会长查到了一些有用的消息。"

　　他就像是听见什么无关紧要的新闻一样，随口接了一句："这些人闲不住的，隔两年总要闹一闹，这么大一家子人，藏了太多鬼，陈屿的心又不够硬。"

　　老林也没什么表情，都是局外人的口气，说："我已经回复过了，先生不在，这几天家里忙，没有时间。"

　　华绍亭点头，就像是真的很忙一样，很快回到房子里，转身上楼去午休了。

　　傍晚时分，华绍亭亲自去接裴欢和女儿回家。

　　一下午的艳阳，公园里无遮无拦，实在太热，孩子玩得都累了，裴欢就邀请另外两位妈妈带着孩子们一起去了她的古董店，喝下午茶，聚在一起聊天。

　　华绍亭过去的时候，看见有外人，也就留在车里并不露面。司机先下去迎夫人出来，大家纷纷告别。

　　笙笙出门一下午，从店里一出来就知道是爸爸来接自己了，她着急往车上跑，打开车门爬到华绍亭身边。她跑得快了有些喘气，手里还拿着裴欢的手机，要给爸爸看今天在公园拍的照片。

裴欢也迅速上了车，只觉得外边实在太热，对他说："气温高，今天公园里待不住了，笙笙疯玩了一天，追着两只小狗跑，我怕她再玩下去该不舒服了，赶紧把人都请回来坐一坐。"

还说孩子呢，她自己也没好到哪里去，脸上细细密密都是汗，华绍亭拿了纸给她擦脸，裴欢就把孩子抱到怀里坐着，很快就回到了家。

院子里的玫瑰又新浇了水，裴欢经过的时候打量了两眼，突然觉得这花的种类眼熟，又停了下来。

华绍亭放孩子先跑进去了，陪她过去看。

裴欢这才想起来，她自己十八岁那年过生日，非要缠着他要份成人礼，硬是把一整片亟待开发的地皮抢过来做了花园，由她选的花种，连夜从国外空运过来。

具体那时候是什么情景她自己都记不清了，总之也就是某个日子，也许是当天什么事华绍亭惹她不高兴了，于是裴欢一句任性的要求说出来，他那会儿就当着兰坊一屋子的下人答应了。

那片地遭了无妄之灾，成了当年一件轰动全城的秘闻，因为敬兰会的三小姐要过生日，华先生一句吩咐下来，那地方从上到下所有的项目全都停掉了，里外里折了多少麻烦事进去，她一个年轻女孩哪里懂，不过都是胡闹。

那几年的裴欢有恃无恐，仗着他把自己捧到天上去，所有骄纵顽劣的脾气全都上来了，她得到宠爱，一向知道如何挥霍。

如今过了那么不知愁的年纪，让她自己想一想都觉得丢人，实在不知轻重。

裴欢看出来面前这些花就是当年那一种，难为华绍亭想着，记得她从小就喜欢，不知道又让人从什么地方找回来了，还移到了家里。

她俯下身细细地看，对他说："你也真是的，那时候那么大一块地……我才多大啊，哪知道你会当真，其实我说的都是气话。"

华绍亭从头到尾也没觉得这算件多大的事，总之这么多年下来，他纵容裴欢的程度街头巷尾几乎尽人皆知，哪还差这一两件，于是也就随口接一句："气话怎么了？就是句气话，我愿意，谁还能拦着？"

裴欢被他这一句说得又笑了，拉着他赶紧回家去。

一进门，她突然想起什么，非要和他争辩两句，怪他说："我想起来了，那时候你后来还哄我，说沐城气候条件不合适，那么大一片花园怎么都种不活。"

如今院子里那一隅不就花开正好？五月的天，满满开了一丛，花朵的颜色细腻珍贵，开有重瓣，近乎绸缎般的质感，一看就是极其罕见的花株。

老林已经过来了，正帮他们收外衣，老管家一听见夫人的怪罪，难得开口接话——连他都替先生抱不平了——跟裴欢特意解释道："那是夫人没看见，院子里这几株是先生费尽心思才留下来的，每天都要吩咐我们，湿度温度时时监控着，高了低了都不行。"

笙笙洗完手正好出来，听见了就偷偷笑，还要躲到老林身后去补一句："我也喜欢，想摘一束带到学校去，爸爸不让，说他十年前就答应了，要送给妈妈的，谁也不许动。"

裴欢总算满意了，她平常也没留心过院子里，只知道他这阵子天天喜欢在花木上费时间，以为他有了个新兴趣，哪知道他顺带着又费心，连过去这些玫瑰的事都翻出来重新收拾。

他们一起上楼，华绍亭先去换衣服，过了一会儿，他整理完了出来，又对她说："我是想了想，觉得当年那份礼物没送好，后来一整片园子什么也没养活，成了闲置地，差你一个礼物。今年试了试，看起来是成功了，过一阵让他们去把那个花园重新建起来。"

她满心得意，就又像是年少时的模样，后边的话他也没再说下去，她笑着去吻他……已经足够了。

华绍亭这人最护犊子，从来不许他自己留下什么还没做到的事。

尤其是对她的承诺。

她就抱紧了他不松开，两个人在一起这么久了，裴欢仍旧是当年的模样，腻在他身上，笑得眼角眉梢都染了玫瑰的颜色，告诉他："那你再替我做一件事。"

无论如何，其余的什么都不再重要，她能拥有的爱已经足够，快要溢出来，只求他留下来，哪怕再多一分钟。

"你要守着我。"她有点儿耍赖似的，揪着他的衣领非要说，"不只是我，笙笙也不能没有你。"

华绍亭顺着她的腰侧抚过去，轻轻"嗯"了一声，低头顺势就把她抱起来，裴欢没防备，站不稳，上半身直往后仰，最后勾着他一起倒下去，在他胸前闷着低声笑。

好像都忘了天还没黑，她被他抓着按在床上浑身发烫，神魂颠倒被吻住的时候近乎窒息，人都要化开了，仅存的那一点儿理智又让她忽然反应过来，他们这才刚回家，窗帘都没来得及放下来，门也没反锁……

可惜引火烧身，哪还顾得上。

裴欢呜咽着企图挣扎两句，说都说不出来声音就哑了，在他怀里发抖。

最后的最后，她总是要被折腾得呜咽着说不出话，天还没暗下来……树影透过窗户打进来，有风的时候，那树就活了，连带着它们的影子在房间里明明暗暗。

人本来就敏感，她腰上那条细密的腰链又总是带着他指尖的温度，有种幽远又暗淡的香气，夹带着一丝丝微妙的凉意，恰如其分直痒到心里去，能让人瞬间浑身脱力，像被这一整个春天的香气浸透了。

裴欢几乎开始怀疑，她随身而戴的这条无价之宝，是他蓄谋已久的产物，又暧昧又带着某些禁锢的意思，还能逼得她上了瘾。

她真的什么都记不起来了，累到极致的时候就迷迷糊糊地抓着他说话："我不要花园了……你别费那么多心思，我就想让你好好的，哥哥……"

那算什么稀罕东西，哪有他重要。

那天入了夜，楼上的两个人耗得久了，笙笙只好自己吃了晚饭。幸亏她今天也在外边玩累了，没多久就开始犯困，下人们去看着她先睡了。

后来先生和夫人才下来，简单喝了些汤。

裴欢披着一件衣服浑身发软不想动，懒洋洋地靠在沙发上，随口和他说下午出去和别人聊天的琐事，说着说着突然想起什么，放下汤匙问他："最近兰坊好像又有事，笙笙同学的母亲今天聊天的时候还提到了，说她们最近带着孩子都不敢走那条街了，我也没多问。"

华绍亭泡了一些茶，口气也简单，说："管不了他们，爱闹什么随他们去吧。"

裴欢也就点点头，敬兰会天天水深火热，三天两头总有些事。

她很快吃了点东西，看看时间，又去给兰坊里打电话。

裴欢有顾虑，万一要是赶上会里遇上什么特殊波折，还有裴熙住在西苑呢，她想和会长打探一下口风，如果兰坊里边不太平，那他们就考虑还是把姐姐先接回来避一避最安全。

结果她一个电话打过去，却根本找不到陈屿，就连他身边最近的大堂主景浩都不知所终。

接电话的只是个不知名的下人，声音仓皇，听见是裴欢，竟然战战兢兢地说话都打了颤，脱口而出就是一句："华……华夫人，我们也找不到会长，他一直没回来。"

她不由心头一紧，敬兰会历经数代辛苦经营，曾经也经历过无数起起落落的日子，但从来没有哪一天，沦落到了连会长都不知所终的地步。

裴欢隔着电话感觉出事态不对，朽院气氛空前紧张，兰坊这一夜，显然陷入了前所未有的混乱。

她迅速挂了电话，回到客厅找华绍亭，却看见他神色平静地在沙发旁边的长案上挑选杯子，手边是刚切下来的香木碎屑，可以用来泡水。他要用沉香水再去沏一壶陈年的普洱，过滤掉太过提神的效果，最适合晚上喝。

老林也一切如常，自顾自忙着，去帮先生烧了水。

一时长案旁热气渐渐腾起来，安神静气的香末倒下去，沸腾而出一股温通润泽的味道。

山雨欲来，家却永远是心安之处。

华绍亭仿佛知道裴欢这通电话打过去又难以安眠，于是特意准备了香气缓和的茶递给她。

窗外的月光如期而至，今天这样的好天气，就连夜里也是个无云的晴天，只不过再炽热的日光也透不过长夜漫漫。

人们所能看到的世界永远只是一部分，而且是很小的一部分，有人欢喜就一定有人愁，有人守着如花美眷，也必然有人飞蛾扑火，原本就是常理。

早晚都会有这么一天。

华绍亭不想知道兰坊到底发生了什么，是为了权力还是利益，又或者是谁的心机被看透，要来一场鱼死网破，总之，道上那些人的是是非非……如今与他何干？

不管谁来试探，他还是那句话，除了裴欢，除了这个家，他什么都管不了。

第二十一章 · 两忘心安

又到周末，沐城的事态急转直下。

兰坊那条街一到时局不稳的时候就会封路，这也不是什么稀奇事了，总之隔两年就会出一些动静，对外就会报出各种原因，不外乎说要修路、管道维护等等。不管真假，对于沐城普通人而言，一到这种时候，那附近一整片街区到天黑之后就彻底没有人走了。

这一个星期，裴欢家里倒没再发生什么特殊的事，除了电话特别多之外，不知道都是些什么人暗地里冒出来，也不知道都想来说些什么事。总之她看在眼里，华绍亭还真是一个也不接，全都由老林去应付，拿出一套客气说法，潦草敷衍着就统统挡回去了。

她有时候真的很佩服华绍亭的心态，一旦他做了决定，不管找上门的是些什么事，到他眼里就都没了轻重缓急，区别只在于他今天愿意不愿意搭理。

说小了是外人的生生死死，说大了关系着几代人的基业，可他就能坐在家里不闻不问，听见电话一直在响也不回话，说扔就扔。

就好比敬兰会，那真是他二十年的心血，裴欢从小到大在他身边都是看在眼里的，要说到最后，华绍亭作为主人早就什么都有了，他还是费尽心思以一己之力撑着那一大家子人，到底是为了什么，连他自己可能都说不清了。

人非草木，总有感情，一件事，一个人，守着的时间长了，哪能半点不过心呢。

所以裴欢是理解他的，毕竟兰坊是他们两个人的来处，也是他们过去的家。

尤其是陈屿，他是华先生"临终"钦点的会长，如今却突然下落不明，这件事一旦传出去，牵一发而动全身，各方的平衡全被打破了。原本还能压住的魑魅魍魉肯定统统找上门来，借着这个机会要一口瓜分了敬兰会才罢休。

所以裴欢眼看事态越演越烈，再也没人能出去收拾，还是有些担心。

今天是周末，吃完早饭华绍亭就去院子里了，餐厅里只有她和孩子。

裴欢去问老林："来电话的人都是什么意思，是不是会长遇到危险了？"

老林正带着下人收拾餐桌，也就随口和她说起来："会长失踪，朽院的人自然着急，一个一个都急成了热锅上的蚂蚁，只不过，他们自己家的人找不到，来麻烦先生也没用。"

裴欢总觉得不太可能，突然又想起前一阵的风波，说："陈屿毕竟是敬兰会的一会之长，再不成器也不至于把自己都搭进去，会不会是上边的人还是动了手？"

老林摇头，告诉她："不是军方的问题，上一次陆远柯的事情之后，陆家特意私下里向敬兰会表达了感谢。陆将军是个硬脾气，他早年对自己家庭有愧，所以儿子出事后，一家人受伤极深，我们能把人安然无恙给他送回去，他卖兰坊一个人情不是难事，陆将军一定会言而有信。"老管家叹了口气，看着裴欢说，"是会里自己的问题，看着就像朽院有内鬼，否则不会这么快就波及到会长。"

老管家的话虽然有可能，但裴欢却觉得事出无因：当年陈峰他们挑起和华先生的内斗，那是因为朽院终究觉得敬兰会不姓华，如今陈屿可是他们家出来的名正言顺的继承人，何必再起波澜？

再斗一番，为了什么，又是谁起的头？

问题太多，她也实在懒得想，只有一件事让她心里不安，前一阵他们在暄园的事说大不大，说小也不算小，这几天这些乱七八糟打来他们家里的电话，证明了一件事。

兰坊里，私下知道华先生还在的人，其实不在少数。

裴欢看着下人们把餐具都收好，一回头发现笙笙在窗边吃果冻，小姑娘人不大，但也到了正经开始思考的年纪，她一直在旁边安静地听，忽然抬头看着妈妈问："那些电话，是不是都来找爸爸的？"

裴欢点头，过去给她擦嘴角的果冻汁水，小家伙吃零食还一脸认真的表情，也是要给家里分忧的样子，裴欢有些想笑，随口问她说："你又知道什么了？"

笙笙声音不大，却说得清清楚楚："他们想让爸爸回去。"

这话说得裴欢一愣，老林原本要去厨房，也回身停住了。

她竟然没往这一层细想过，孩子童言无忌，想到什么就说了出来，却一句话说得她和老林都有些担心。

这似乎是小朋友与生俱来的直觉，笙笙毕竟是华绍亭的女儿，性格脾气总有遗传，她对于环境微妙的变化十分敏感，总有直接的反应。

老管家看了看夫人，最终什么也没说，很快就去忙他的事了。

裴欢陪着女儿吃完了果冻，拉她去洗手，又安慰孩子，努力让她有安全感。

裴欢催她去换衣服，说："放心，可不是什么人都请得动你爸的，他天天都忙，忙着种花泡茶。今天说好了要陪你出去，上楼去吧。"

过了立夏，最后一点凉意就都散尽了。小区里种的洒金榕密集生长，空气里充溢着阳光之下草木茂盛的味道。

天气不错，华绍亭难得愿意和裴欢一起带女儿出门。

用裴欢的话说，那可真是借了孩子的光，才好不容易能请他纡尊降贵地去市里走一走。毕竟以往华先生随便出门的后果都很严重，他既不喜欢人多的地方，又绝不随便和生人直接接触，一身难伺候的习惯。这周他突然发话说要去商场，连老林都不由自主有点紧张，提前几天就吩咐了司机，严格规划好先生会经过的路线，所有的情况都考虑过一遍，才能成行。

裴欢想着这几天兰坊不知道有什么动静，原本想和华绍亭商量改日，他却说亲口答应了要陪女儿出去，总不能食言，于是大家也就都按原定计划去了海丰广场。

那地方人少，面积也大，是这两年新落成的大型商场。

　　裴欢要来给女儿买换季的衣服，再加上还要帮姐姐买一些东西送去，她这几天要想办法去找裴熙，眼看敬兰会又有内乱，再把裴熙放在西苑谁都不放心。

　　两个人一左一右牵着女儿，笙笙心情好，蹦着要往前跑，商场里的地面擦拭一新，极其光滑，她觉得好玩，非要顺着往前滑，他们不敢松手，于是两个大人也只能在后边被拖着走。

　　今天谁都不想扫了孩子的兴，一路都由着她，逛了一圈，很快就试好了给孩子买的衣服，还给她买了一个大大的冰激凌吃。

　　这下笙笙的手和嘴都被占住了，总算安静一会儿，他们两个也能轻松一会儿。

　　华绍亭今天可算明白了，带孩子真是件辛苦事。裴欢过去也是骄纵惯了的，她年纪轻轻带着笙笙，可想而知，每天焦头烂额又努力学着做个称职的母亲有多难，于是他决定勉为其难再做一点点让步，今天裴欢要去逛什么地方他都陪着。

　　裴欢这下得意了，挽住他的手，拉着他又往女装部走，走着走着想起什么，凑到他肩旁和他说："笙笙知道担心你了，说外边有人在找你。"

　　华绍亭看向前边自己走的小家伙，天热小孩子贪凉，她一勺一勺吃得正高兴，也没去管爸爸妈妈在身后做什么。

　　他轻轻笑了，握着裴欢的手说："这倒是像我啊，聪明。"

她哪是这个意思，让他一说，好像如果孩子随她就傻了似的，又赌气推他说："我是让你以后多陪她出来玩儿，只有父母都在一起的时候，她才最有安全感。"

华绍亭答应她，最后握紧了她的手，把她老实地拉回到身边来，就又是人间最寻常的一对夫妻。

眼看到了妈妈去挑衣服的时候，笙笙的注意力都在吃的上边，走着走着，前边拐出来一行人。

商场的中间有巨大的挑空区域，一圈透明的玻璃围栏，对方刚好和他们隔着半圈的距离，一路相对而来。

笙笙看见那些人总觉得眼熟，于是忽然站住了，咬着冰激凌的勺子，冲那边挥手，大声地打了个招呼："蒋叔叔！"

裴欢怔住了，多年未见，她没再和蒋维成有过什么联系了，只是偶然在各种渠道上看到关于蒋家的一些消息，不知真假。

她没想过会和他在这里遇上，过去种种，算到如今，前后十年，如今想来恍若隔世。

对方走得很急，身后带了司机和几个随从，显然目的明确，是特意来商场买东西的。他手上拎着一盒什么东西，看起来像打包回去的食物，眼看着走过半圈围栏，发现是笙笙在叫自己。

他明显也十分意外，很快冲着孩子笑，招手想让笙笙过去抱抱她，突然又看见她身后还跟着父母，于是手又放下了。

　　笙笙过去和蒋维成关系不错，她很高兴，也不多想，转身跑回去扑到妈妈怀里，指着前边给她看。

　　两边的人都停下来，隔着不近不远的距离，裴欢牵着女儿，依旧挽着华绍亭。而蒋维成也只是看着他们，拿着手里的东西，最终什么都没说。

　　彼此都没有刻意回避，蒋维成也有些惊讶，没想到会在这种公开的场合遇见华先生，明显对方一家三口搬离兰坊之后过得格外和睦，赶上周末，一起出来带孩子散心。

　　裴欢还是那样，一如初见，她看着只是朵纤细漂亮的花，却似乎总有种暗藏的力量，无论如何凄风苦雨，到头来，总有破土而出的勇气。就像她现在这样站着，为人妻为人母之后，她多了几分从容，笑起来就又变成当年那个肆无忌惮、比日光还艳的姑娘。

　　总有些岁月无能为力的往事，让人一见如故。人只有觉得什么都值了，才能真正对过去释然。

　　蒋维成停在原地有些出神，一抬头刚好对上华绍亭那双眼睛，果然一如既往，带着极强的压迫感，让人十分不舒服。对方看人的时候总像打量东西，扫了他这边一眼，就算作是见到了，再没有任何表示。

　　他也就只好转向笙笙点头示意，算是礼貌，几年没见，小姑娘真是长高了，蒋维成这么远远看着，只觉得笙笙如今活泼开朗很多，果真回到亲生父母身边的孩子才算个宝。

到了这时候，应该彼此打个招呼，但又显得客气多余，最终谁也没有说话。

裴欢已经看清他手里打包的盒子，是商场里一家著名的口碑店铺，专门做葡式蛋挞，销量极好。它们根本不做外送，据说什么人物也没有特例，都要早早过来亲自买，每天都是限量供应。

想必今天蒋维成也是赶过来特意来买，打包给他妻子带回去吃的。

于是这一时片刻，两忘心安，曾经有过一段相识的际遇，哪怕无疾而终，看见彼此都被岁月善待，这结局实在最好不过。

于是蒋维成率先向前离开了，他最终没有主动寒暄招呼，只保持了基本的礼貌。

他和裴欢一家相对而过，两方都没再过多停留。

他看清了裴欢脸上问候的笑意，他们两个人今生所能说的话，早在那几年都说尽了，相逢一笑已经足够。

对彼此今后最好的祝福，就是彻底不再打扰。

大家都走了过去之后，裴欢这才偷偷抬眼打量华绍亭。

她哪知道在这里竟然会遇见蒋维成啊。虽然过去的事纯粹境遇所致，但毕竟卡在华绍亭心里，她不由自主往他肩膀上靠，有点怕他生气。

他倒真没什么表示，仿佛是彻底没往心里去，也就抬眼看看她，觉得她比笙笙还幼稚，被逗笑了，成心堵她一句："心虚了？"

她可真是冤枉，睁大了眼睛瞪他，最后还是握紧了他的手。

商场的玻璃穹顶采光极好，透了大片的阳光，连带着裴欢心里都泛着暖。她实在太清楚，以华绍亭的心性，曾经那些事情出在她身上，最终他却什么都不再提，和蒋家相安无事，唯一原因不外乎就是希望她能彻底过了这道坎儿。他不再翻这段旧账，就是对她最明智的保护。

很快裴欢逛了一圈，最后要去给姐姐买衣服。

她怕孩子太累了，哄笙笙去乖乖陪爸爸，毕竟华绍亭也不方便长时间在外，于是她先安排他和孩子下楼，由司机陪着，先到车上去等。

她独自进了一家女装店，低头转了一会儿，想起一上午都没看手机了，拿出来翻翻消息，却突然看到了一个陌生号码发来的图片。

照片上的人是裴熙，她在西苑住的这段时间，自己养了一只猫，拍照的时候，她正抱着猫经过长廊回房间。

照片是平平淡淡的画面，只不过照片里的裴熙显然不知道自己被人拍了照，看得裴欢心里一跳，匆匆忙忙地把手机收了，也没心思再耗时间，尽快买好东西很快就离开了。

回去的路上，车里又显得过分安静了。

裴欢心里有事，一直有些出神。她不清楚照片是谁发来的，会长失踪，兰坊再次内乱，群龙无首的时候，谁会跑到西苑去再拿姐姐的事来要挟她？

笙笙已经累了，一上车没多久就靠向妈妈睡着了。华绍亭坐在裴欢身边，一直没说什么，直到等红灯的时候，裴欢有些烦闷，仰头向后靠在头枕上，他才伸手把她揽过去。

他拍着她的肩膀，一下一下轻而缓，就像是安慰，让她别担心。

她知道什么都逃不过他的眼睛，然而他不从主动问。她想说的话自然都会说，她如果不开口，他要做的就是让她不要怕。

她在他怀里静静趴了一会儿，身侧就是女儿睡着的小脸。孩子永远是天使恶魔的综合体，笙笙这时候安静睡下来，呼吸都轻了，软软的小手还搭在她的胳膊上，乖巧得不得了。

她心里瞬间踏实下来，看着女儿，又想起早起孩子那句话……笙笙说得原本很简单，担心外边很多人要来找爸爸，可此时此刻，裴欢再去想，忽然想到了另一层意思。

敬兰会现任会长失踪，朽院乱成一团，眼看敬兰会要出事，突然有很多人到家里来试探。

　　如果敬兰会大厦将倾，唯一有资格也有本事力挽狂澜、镇住人心乱象的人，只有华先生。

　　有没有可能有人是想请华先生回兰坊，又或者说想拿他二十年心血相逼，以此证实华先生还活着的消息，再次请他现身。

　　只可惜在华绍亭眼里未必看得上他们苦心筹谋那些事，他就任着那群人去闹，什么兰坊、朽院或是陈家人，他转身不再看，就彻底不入眼，远离那杯弓蛇影、人人心里有鬼的日子。他乐得自在，只在家做个闲人，还有心情陪着她们出来去商场。

　　裴欢想通了，反而把话压在心底，决定自行解决。

　　她不知道会里如今是什么情况，但不能让对方的想法得逞。华绍亭从始至终没把她们姐妹抛下过。对方明知家人于他之重，今时今日发来这张照片也可能只有一个目的，请华先生重回兰坊。

　　无论是为了华绍亭如今的身体情况，还是为了孩子，裴欢都不愿意。

　　司机把他们送回了家，笙笙已经睡沉了，又突然被叫醒，困得直揉眼睛。她玩了大半天也吃了不少东西，根本就不饿，于是老林直接牵着她上楼，哄孩子先去睡午觉了。

　　路边太晒，裴欢让华绍亭先进去，她自己留下，整理了一下后备厢的东西，把给姐姐的衣服挑出来，又对司机说了一句："送我回趟兰坊，今天有空，直接去西苑吧。"

司机有点担心，谨慎地提醒道："夫人，兰坊最近事态不明朗，连会长都不在，没有可靠的人接待，根本不知道是什么情况，近期还是别回去了。"

她没太刻意，也只是说："没事，直接从后边绕道去西苑的林子，我去看我姐姐，不经过朽院。他们要闹就闹他们的，总不至于牵连到咱们。就算有矛盾，找我也没用啊，我从来不管会里那些事。"

她想着自己于外人眼里虽然是华夫人，但终究是个女人，不管这次是谁苦苦相逼想要反陈屿或是反陈家，就算她真去了，也无能为力。她尽快趁着事态没有恶化之前去西苑看看情况，如果还来得及，就先把姐姐接回来，从此不再蹚兰坊的浑水。

裴欢打定了主意，两次三番有人盯着裴熙，这事越发蹊跷了。他们一家人在明，别有用心的人却一直躲在暗处，不能藏着没个了结。

她要彻底把姐姐劝回来，绝不再放她涉险。

"让老林和先生说一声吧，我尽快回来。"她说着就上了车，只怕夜长梦多，这次的事由她自己去办。

裴欢走得很着急，一半也是怕华绍亭察觉，又惹得他亲自过问。

可是这点儿事从头到尾都是冲着这一位"病逝"的华先生而来，哪有那么简单。

老林接到了司机的电话，迅速去卧室里找华先生，很是担心，说："先生，夫人估计是听到什么消息了，匆匆忙忙自己就回兰坊了。"

华绍亭从衣帽间出来，却不是要休息，而是换了要外出的衣服。

他倚着那段庞大的藤雕隔断挽起了袖口，淡淡地对老林说："他们这些人，眼看韩婼失败，算准了最后这一手，西苑要是有事，裴裴就一定会去，还是想着拿她们姐妹来找我，早晚而已。"他一双眼静而冷厉，很快转身下楼，那口气蓦然沉下去，"难为她想出这么多手段，乱哄哄闹得一条街都睡不踏实，我有心留人，她非要找死，那就给她个痛快。"

第二十二章 · 揭皮蚀骨

　　裴欢这趟回去，走的是兰坊的西边，那里早先曾经被老会长彻底废置，后来华先生单独叫人打理用作裴熙疗养的地方，所以一整片林地非常完整，并不通车。

　　司机只能把车停在林子外，裴欢必须步行进去。

　　她下了车，眼看这树林一如当年，午后的阳光明媚，林子里依旧幽邃，透着一股清凉，蝉鸣在耳，明明是兰坊的地方，却又显得与世隔绝。人在林子之外看不清尽头的院落，除了树影再无其他，这西苑就显得和这座城市乃至这条街都没有瓜葛，干净到让人想不到危险。

　　可惜举世皆浊，越是干净的地方，越生古怪。

　　裴欢盯着这片自小见过的树林，心底突然就生出了几分凛然。她还真就不信了，不管是谁，两次三番在背后找上门来，而她从来没学过什么缩头缩脑的道理，今天就要来看看，到底是谁还敢盯着他们一家不放。

她安排司机停在原地等她出来，很快就走了进去。

林子太大，只有一条能走人的平坦小路，日子久了，几乎没有人经过，草木盛大，所以路上的石头垫脚也只能勉强分辨。裴欢必须特别留心看着脚下，走了很长时间，才见到西苑的屋檐。

这一路都很安静，林子里偶然有些小动物的叫声，也不知道是什么，直到她走得近了，才听见一声猫叫，抬眼看见屋檐上站了一只黑白相间的小猫，圆圆的脸，一看就知道岁数不大，因为临着风，倒也凭空显得十分威风。

她过去也养过类似的猫，连花色都差不多，兰坊都是接地气的宅子，许多小动物都是散着养，不知道是谁家喂的，又或许只是路过，最后她养着养着，跑了也就跑了。

但姐姐似乎总是喜欢猫，她不停地画，如今自己出来住，也留了一只。

裴欢就这么站着，忽然觉得自己真的想开了，林子里这条路走得实在太累，她还有心思招呼那只小猫，叫它下来想摸摸它，可惜猫不像狗，实在没有什么服从性，她仰头逗了半天，那猫也不肯下来。

直到身后的长廊下忽然有人说话，对方轻轻叫了一声，那小猫就猛地跳了下来，四肢修长矫健，落地就奔着裴欢的身后跑了过去。

她转身去看，是裴熙出来了。

她弯腰抱起猫，在长廊下看过来，一见来的人是裴欢，动动嘴角冲她笑。裴熙并不常见人，脸上鲜少有什么表情，于是就连这笑意都有些生硬，但裴欢仔细看她的眼神，显然姐姐的思绪仍旧是清楚的。

裴欢发现她还穿着那条过分长的黑底裙子，上边绣着的花在阴凉处看过去显得色泽格外浓郁。她突然想起那天裴熙从他们家回兰坊的时候，捡起来的那个陶罐，上边的颜色和这花纹竟然是一样的红。

她压下心里隐隐涌上来的不安，放松了口气，和姐姐打招呼，说很久没来看看她了，给她送点儿东西过来。

裴熙点点头，摸着那只猫说："不用给我买什么衣服了，我就穿这条裙子挺好的。"说着说着她还笑了，又转身向里走，接了一句："这是婼姐送给我的。"

裴欢听得心里难受，童年在暄园的阴影给姐姐留下太深的印象，如今对方醒是醒了，认识他们了，却也因此对韩婼念念不忘。

她看见裴熙往院子里边走了，还回头叫她，让她跟着一起进去。裴欢当下什么也没想，跟着姐姐就走进了西苑。

这一进去，裴欢才发现院子里全是人。

四下的拐角，房间门边，甚至就连花树后也都是人影，和刚才她们相见的地方只隔了半边月洞门，竟然连一点儿声响都没有。

她知道出事了，但怎么想都没想到会在这么偏僻的西苑，这下她什么都看见了，反倒心里踏实下来。

姐姐还在前边走，裴欢索性跟上去，喊了她两声。裴熙回头，表情忽然很是温柔，轻轻和她说："别怕，跟我进来。"

裴欢从未想过，有朝一日她是真的有些怕裴熙，怕她自己的亲姐姐。

此时此刻，她根本没有选择，如芒在背，清清楚楚感觉到四下所有的人目光都聚集在自己身上，她只能跟着裴熙一路走，径直走到了西苑里的正厅。

厅里一进去反倒简单很多，四下阴凉。

裴熙依旧抱着那只猫，好像真的只是在招呼客人一样，拉着她进去，又把门关上，还跟她说："坐吧，我自己回来住了，不像你在家那么讲究，都是随便凑合的。"

一张大餐桌是用作吃饭用的，其余的陈设都简单，只是除了她们姐妹两个人之外，还有另外一个女人。

裴欢一进来就看到了她，从第一眼开始，她就像在迷局里混沌的人突然被扎醒，什么都明白了。从头到尾，从清明开始，每件事全部清晰地串起来，起承转合，像一张浸水的画，画得再好，干透了之后也一样皱巴巴的让人生厌。

坐着的人是徐慧晴，对方心情似乎很好，坐在桌旁拿着一堆照片，一张一张地翻，拍的都是裴熙的日常生活。

这就是那个让裴欢仍有同情，眼看对方门都不敢出，孩子病了也无法治，于是施以援手的嫂子。徐慧晴可真是演了一出精彩的好戏，她从丈夫死后就发了愿，拿自己和孩子，再加上陈家留下来的二十年的秘密赌这一场，骗一个周全。

她还是凄凄惨惨的模样，头发胡乱梳着，人也瘦，好像只剩下最后这层皮，揭开了就是森森的骨。如果不看脸，裴欢觉得她随时都能哭出来，抱着自己诉苦，但此时此刻，徐慧晴脸上的表情却像换了一个人，她看见裴欢进来，就像见到了什么分外满意的礼物，恨不得要把裴欢活活吞下去才安心。

"收到我给你发的照片了？喜欢哪张？我还帮你拍了很多，都是你姐姐。"徐慧晴一边说一边把桌子上的照片推过来，似乎很是抱歉的样子，"你们让会长照顾西苑，正好，我那个小叔子心最软，华先生一发话，他哪敢不听，立马派了陈家的亲戚来照顾她，只不过刚刚好，都是阿峰过去的人，我吩咐两句，就拿到了一堆照片。"

裴欢看也不看，到了这种时候，人各有所求，无可厚非，但徐慧晴装苦卖惨，还拿自己儿子来博同情的手段她实在不齿，所以，她要把该说的话都说清楚："我大哥顾念旧日兄弟情分，一直没动过陈家人，当年是陈峰自己非要夺权，害得我大哥发病，后来陈峰的死完全是咎由自取，和别人无关。我大哥冒着那么大危险做手术，此后所有的事，我从来没怪到你头上，还肯叫你一声嫂子。徐慧晴，你的良心都被狗吃了！"

那女人还是套着那件起球的单薄针织衫，一直躬背而坐，从她丈夫陈峰死后，她就被迫多年压抑自己，把一出叛徒遗孀的苦情戏份演得过于投入，以至于深入骨髓，连如今阴谋得逞的时候都忘了自己该如何嚣张，只记得狠着一双眼，一把将桌上的照片都推到了地上，指着裴欢说："我的良心？华夫人，你问问自己，问问你姐姐！在这条街上你们谁有资格说良心！"

陈家人救了华绍亭，老会长认他当养子，把他一个孱弱病危的少年人一手捧成了日后的华先生，而他给了什么回报？他害死陈峰，压制朽院二十年，清明的时候，连一炷香都不肯烧。

徐慧晴很快就能达成所愿，想着想着，几乎就要笑出声，她盯着裴欢，把这一场所有棋子点评一遍。

二十年前，老会长的兄弟私底下知道了暄园的事，也知道老会长最终决定舍弃私生女，留下华绍亭，这样敬兰会的大局才能有所平衡。只有华绍亭能稳住时局，也只有他，能有这个心胸和本事，留陈峰陈屿两兄弟一命。

但陈家人那么多，并不是所有人都愿意这么想。敬兰会代代相传，偏偏那时候冒出一个外姓养子来，总有人不甘心，于是有人出手，当夜暗中冒险救走了韩婼，可惜对方真的被撞重伤，成了昏迷的植物人，多年不醒。

后来陈家旁系亲属一直暗中维持她的医疗设施，这事并不亏，因为世人难免俗，谁也不信以华先生之心性和手段，终于出了暗园的试炼坐上霸主之位之后，还能再把这位置交还给陈家。

兰坊是什么地方，百年不倒，其根基之深、心思之狠，远超一般人所能想象的程度，关系到他们陈家这么多人的祖业，不可能不留后路。

从老会长到华先生上位，他们肯定都要抹掉暗园那段历史，于是那些人也不用担心什么泄密的麻烦，于陈氏其他人而言，找个小医院养着一个重度昏迷的病人费不了多少资源，顶多也就是钱能解决的事，但只要有朝一日韩婼苏醒过来，那华先生在陈家人手中就有了把柄。

到了最后，老会长果然看人很准，当年女儿没白白牺牲，他把一家人托付到华绍亭手上，以至于后来的敬兰会开创了一个巅峰时代。这位华先生更是声名显赫，成了这条路上无人敢提的传奇，于是韩婼这个植物人也不再是普通的病人，只要她醒了，就是牵制华先生的唯一办法。

韩婼一定会报复，如果还有机会，她毫无疑问会让华绍亭偿命。

只不过这局棋下的时间远超过他们预期，当年救走韩婼的时候，陈家那些老一辈的人没想到她一躺就是二十年，最后到了陈峰这一代，他暗中知道这件事，把韩婼这把能致命的刀握在了手里。

这就是兰坊的可怕之处，你以为这只是条百年不变的老街，兄友弟恭，和和气气，可惜一到入了夜，人人都似画皮的妖，从头到尾洗干净，都不是白天的模样。

韩婼的情况实在不尽如人意，当年海棠阁里内斗的时候她不醒，偏要到了陈峰人都没了之后才醒过来。当时的徐慧晴得知噩耗，她生产不久就失去丈夫，正是崩溃的时候，抱着幼小的孩子几次活不下去，眼看到了绝路的时候却突然得知了这个秘密。于是韩婼的存在于她而言等同于救命稻草，她迅速决定把暄园控制在手里，帮助韩婼报仇，为韩婼提供助力，并借此从陈家亲戚里煽动起一批人，暗中协助自己。

敬兰会这潭死水，也到了该动一动的时候。

会长陈屿这两年确实岌岌可危，他从小是跟在陈峰屁股后边无忧无虑长大的，怎么算都轮不到他当会长，所以从来没人栽培过他。可敬兰会是座会吃人的人间炼狱，历代会长都是蹚着血路自己熬出来的，只有他是从天而降，被华先生硬按在这把椅子上的，于是私底下不服他的人实在很多，连陈家自己人也全都心怀鬼胎，要不是面上尊重华先生的遗愿，恐怕陈屿早就出了事。

这一切都不难理解。

此时此刻，徐慧晴走到这一步只有一个遗憾，她对韩婼实在失望透顶，只觉得对方是个废物，想起了就狠狠地骂一句："活该她当年斗不过华先生，再给她一次机会，还是一样蠢！"

裴欢连看也不想再看她，冷脸相对。

如果说起来，裴欢当年还小，确实不清楚暄园的事，但兰坊里这些人都是什么德行她却心知肚明，个个笑里藏刀，而眼前的徐慧晴，无非又是一个死不悔改的女人，非要替丈夫当年之死而出头。

但裴欢越听越觉得对方实在是没想清楚，徐慧晴想要彻底推翻陈屿不难理解，这位置原本是她丈夫的，她做着当会长夫人的美梦。或许陈峰活着的时候还曾经跟她许诺过，一旦他们掌控敬兰会之后就会有多少呼风唤雨的日子，所以今时今日，徐慧晴为了朽院的控制权可以豁出命，一旦事成之后呢？

裴欢提醒她道："你煽动朽院内乱，想要把陈屿从会长的位置上拉下来，可你想过没有，其他的陈家人支持你又是为什么，他们由着你乱来之后呢？你真以为他们会为你一个女人出头吗？"

什么年代了，总不能还做些什么母凭子贵的美梦，且不说从上到下，还有外省那些地方的人虎视眈眈，就连兰坊里，指不定哪一户出来都能把他们母子生吞活剥。

徐慧晴听了这话毫不在意，她面对裴欢，幽幽地盯着她，忽然又开始笑，笑得直喘气，很久之后才说："你以为我在乎的是会长的位置吗？华夫人，你没尝过被所有至亲突然踩在脚下的感觉。峰哥没了之后，我多少次想抱着孩子一了百了。一个女人，我能跪在地上向你们每个人摇尾乞怜，连自尊都能豁出去，我早就什么都不想要了，抢一个敬兰会有什么用？"

她指指东边的房间，显然陈屿就被控制在那里，对裴欢说："会长在我手里，华先生看不上，不肯来。裴熙在我手里，他也不来，如今你都在我手里了。你说，这次先生愿不愿意重回兰坊？"

裴欢更加不屑，她到这时候真连半点儿怕的感觉都没了，盼着华绍亭死的人那么多，徐慧晴这点恩怨实在排不上，说："你们陈家人几十年都动不了我大哥，到现在只剩下你，弄来一院子的人，也就只能想出这种下三烂的办法威胁他？"

"那怎么敢，先生终究是先生。"徐慧晴竟然还在笑，好像在她演了无数苦情戏之后，哭了两年，已经彻底哭怕了，她捂着嘴角对裴欢说，"我自知没那个本事，峰哥就是输在了这件事上，他们男人之间有规矩，非要和先生硬拼，从始至终也没真的对你们下过手。我不一样。华夫人，我也是女人，咱们女人之间的事，就好说多了。"

裴欢彻底明白了，眼前的徐慧晴是恨透了兰坊，恨极了敬兰会。她也许也和其他女人一样，曾经有过少女的梦想、青梅竹马的情分，才甘心嫁到了这条街上，一朝进了朽院，以为自己能天真到白首。如果不是这些男人之间的争权夺利导致冲突，最后逼死她的丈夫，徐慧晴也许会有另一番人生，她可以只是个普通妻子，幸福地做了母亲，养一个可爱的儿子，从此守着她的家庭平安度过一辈子。

然而她现在什么都没了，因为这终究不是一条普通的街，朽院也不是普通人家，日日夜夜枕在枪口上，过的都不是人过的日子。

其实徐慧晴现在想要的结果很简单，陈屿很好处置，走了一个他，敬兰会永远不缺替死鬼，但她比谁都清楚，陈屿能有今天，是因为他身后还有华先生，她要那个男人重回兰坊，彻底终结。

华先生几乎成了所有人的心魔，她要在众人见证之下真真正正逼他赴死，她要的是兰坊的人彻底断了念想，穷途末路，信仰坍塌，任谁也无力回天。

敬兰会毁了她的人生，那她就要制造一场真正而彻底的混乱，从里到外摧毁兰坊，覆灭它。

厅外脚步声来来回回，很快有了动静，人似乎越聚越多，彻底将门口围起来。

裴欢知道对方等到今天已经苦熬了两年，绝不会放过自己。

她们坐在这里这么久，一旁的裴熙就只是抱着那只猫出神，静静的还带着一丝笑，也不知道在想什么，不开口更不搭话。

裴欢不相信姐姐会帮着徐慧晴，她有太多的话想问，于是看向姐姐。

裴熙好像被她质疑的目光看得回了神，又转向徐慧晴，忽然开口说："你来的时候我们说好的，我可以带裴裴回来，但你要送我们走。"她说着突然松了手，于是怀里那只本来都要睡着的猫骤然受惊，突然跳下地，"喵"的一声，向着门口就跑过去了。

裴熙抓住妹妹的手，似乎格外郑重，几乎不给她犹豫的余地跟她说："跟我走，离开他，你只有离开他才有活命的机会。"

她好不容易清醒这几天，刚一回来没多久，徐慧晴就迅速找到西苑，两个人做了交易，徐慧晴完全是蒙骗利用她，裴欢真的进来之后，就再也出不去。

"姐姐！"裴欢无法相信她事到如今还是不肯接受现实，"你醒一醒，听我说。"

裴熙打断她，这次她终于没有激动发疯，也没有丧失理智被恐惧吞噬，她尽可能地调动起自己全部的情绪，忽然倾身过来，轻轻地抱住了裴欢。

她在她耳边很小声地说话，这姿势忽然让裴欢觉得很熟悉，就像很小很小的时候，某种潜意识里的记忆、她记得姐姐也曾经这么抱着她，挡住她周身，两个人一起藏在院子里。

后来究竟发生了什么她真的不知道，她实在太小了，而后大了，所有事情的结果都已经写好了，她也就只能接受现实：裴家父母过世，她和姐姐一朝失去双亲。一切的事情发生的时候，她就是这样在姐姐的怀抱里躲了过去。

裴熙对她说："那天夜里我的猫跑了，我偷偷溜出去找它，一直跑到了后院。我记得那里摆着一个很大的石头雕像，后来才知道是个水晶洞，我看见大哥撞了姥姐，吓得藏到了洞里。他真的心狠，他竟然能亲手害死她，姥姐和你一样，那么喜欢他啊。"

她说得认真，一字一顿，非常用力，试图组织起语言，想让裴欢能够切身感受到她当晚所见的一切有多么可怕，她从此对那个男人的理解永远停在了那一晚。

人心之冷，残忍至此。

裴欢被她抱着，听着她的语气，克制不住，竟然微微发抖。她明明不怕，但姐姐这样的状态实在让她难过，她早已清楚当年暄园发生过的惨案，事到如今从头去说都让人不忍翻看，实在没想到裴熙当年目睹了这一切。

她分明能感受到姐姐这么多年心下压抑的痛苦，还有深入骨髓而无法治愈的恐惧。

裴熙还在说："他看见我了，大哥发现水晶洞里有人，把我从里边拖了出去。"

她记得非常清楚，那天晚上华绍亭的车撞倒韩婼，他自己好像也受了伤。裴熙记得他从车里出来的时候几乎浑身是血，硬是撑着一口气，把她这个意外藏身的目击者拖了出去。

他发现是她之后明显有些惊讶，很快认出她就是隔壁院子里裴家的女孩，裴熙甚至对他的每个动作都记忆犹新，那天的夜实在太暗。那是华绍亭这辈子第一次开口和裴熙说话，从此，注定了这一生无可挽回。

华绍亭拖住她的头发，把她从地上拉起来，她只能剧烈挣扎想要喊人，可是连一句话都叫不出来就被他捂住嘴，她意识到他想要灭口，于是恐惧到甚至产生了错觉，很快就近乎窒息，那种濒死的感觉让她永生难忘……

华绍亭没有手软，他按下她的头，撞在了那块巨大的石头上，她疼得连叫都叫不出来，晕过去之前，裴熙只听见了一句话，华绍亭的声音轻而短促，却尖锐如刀，从此刻骨铭心，抽了她的魂，把她这一辈子毁尽了。

那天晚上，华绍亭在她耳边说："记住，你什么都没看见。"

而后很多年，裴熙留下了一条命，被他胁迫，一直在他身边，连同她的妹妹一起生活。裴熙知道自己于他永远是个威胁，因为那天晚上她目睹了一切，所以她只有牢牢记住他的话，从此保持缄默，再也不肯随便和任何人说话，以此希望能让华绍亭放心。

可是看见了就是看见了，她洗不掉，也忘不了，哪怕她日后能开口叫他一声大哥，哪怕他始终试图维持住家人的假象，她始终无法摆脱阴影，夜夜噩梦。

再后来，她们一起渐渐长大。

裴熙怎么都想不到，自己的亲妹妹竟然还要重蹈覆辙，她竟然死心塌地爱上了那个魔鬼，和姥姐干出一样的傻事，所以，她想尽办法阻止裴欢和华绍亭在一起。眼看裴欢怀孕，她精神上最后的防线彻底崩溃。

如今，裴熙看着眼前的人，她觉得自己错过了很多事，像是一个晒太阳的人，躺着躺着睡着了，再醒过来的时候，已经忘记自己的猫跑去了什么地方，她只能追着去找，发现眼前有太多光怪陆离的场面，兰坊、海棠阁、西苑……但这些都不重要，她唯一要做的，就是赶紧带裴欢远离这一切。

她反复让裴欢相信自己，告诉裴欢："裴裴，当年我只是个孩子，可他连我都想灭口，他什么事都做得出来，你太年轻……

我相信你爱他，可你根本不了解他！"

裴欢几乎快要落下泪来，她拼命摇头想要告诉姐姐不是这样，所有的一切另有隐情。可裴熙已经听不进去，她自己揭开了心底这道最深的伤疤，再也承受不住，拼命强迫自己揉着头发，肩膀抖动，她的情绪剧烈起伏，几乎有些停不下来。

徐慧晴看着这场好戏，志得意满，慢慢地走了过来。

裴欢一直背对桌后，她虽然看不见对方的动作，心里却十分清楚徐慧晴想要干什么。

很快，她感受到自己身后的威胁，徐慧晴手里的枪笔直指向了她，裴欢咬紧牙不回头，尽可能地让自己不再乱动，这一次她要保护姐姐。

"阿峰真是犯傻，管他什么敬兰会的狗屁规矩！你才是他的命……只要没了你……"徐慧晴说着说着声音陡然尖锐，手下的枪立刻抬了起来。

早有老人说过，华先生一世英名，没想到最后要为了一个女人赔上所有。

裴欢闭上眼睛抱住姐姐，就在这一刻轻轻地哄着，安慰她，让裴熙不要再陷入回忆伤害自己。

身后传来上膛的声音。

裴欢仿佛根本没听见一样，丝毫不理会，她和姐姐说着话：

"还记得吗，我小时候一到下雨的时候就害怕，害怕听见打雷……"这人生故事难写，而裴欢走到今天无怨无悔，再无岁月可回头。

她实在已经足够幸福，她有姐姐，有华绍亭，以往每次下雨的时候，都是他们把她护在怀里，风霜难侵。

所以今天这一次，她抱紧了姐姐，心里竟然一点儿都不怕，为了他们，这难她要自己来受。

第二十三章 · 涸辙遗鲋

正厅的门突然被人打开了。

徐慧晴当然知道华先生早晚会来，她已经忍耐了这么久，筹划好一切，一步一步到了今天，时机刚刚好。

开枪的那一瞬间，她几乎有些狂喜，她知道来的人一定是华先生，因此迫切地想看门外是什么境况。她想知道那个男人眼睁睁看心爱之人赴死的表情，几乎无法想象，那双人人恐惧的眼睛里，如果透出绝望会是什么样子，所以她最终在这一刻还是分了神。

因为来的人并不是华绍亭，她所想象的这场好戏从头到尾错了位。

无论是暄园的秘密，还是关于华先生本人的心思，她都猜错了，大骇之下，手下那一枪就比预想的要晚了几秒，就这前后几秒的工夫，事情陡然生变，桌旁的裴熙一瞬间站了起来。

　　她几乎用尽浑身力气挣脱裴欢的手，徐慧晴愕然之下突然反应过来，迅速扣动扳机，一声枪响之后，裴熙撞开了妹妹，甚至来不及再说任何话，浑身一震，很快就扶着餐桌跌了下去。

　　裴欢被她推开撞在了椅子上，回身去看，发现姐姐肩膀上瞬间涌出血来。周围的一切就像被按下了消音键，她什么都听不见了，疯了一样扑过去扶住裴熙，半天喊不出一句话，只能拼命地把裴熙抱紧。

　　这似乎是注定的，从小开始，裴熙就是那个被忽视的人，她大了，理应做出牺牲，何况她不如裴裴漂亮，不如裴裴那么会讨人喜欢，甚至就连她的恐惧和害怕都显得有些多余。

　　她知道大哥对裴裴很好，但她怕，她太小的时候就亲眼看到过他不择手段的面目，再也没法忘掉那一夜。

　　裴熙想带着妹妹离开这里，去哪里都好，逃离这一切，可是如今又被人利用。

　　无论如何，她这辈子已经完了，她注定要不断被牺牲，因此她只能记住一件事，父母临走之前和她交代过的。

　　"裴熙，无论今后发生什么事，一定要保护好妹妹。"

　　所以她愿意替她来受，如果只能活一个，也希望那个人是裴裴。

　　裴欢完全慌了神，唯一的本能反应就是试图压住姐姐的伤口为她止血，她觉得周围有很多人冲了进来，很快徐慧晴就被人按倒在地上，那个可怜又可悲的人好像又开始笑了，笑得仓皇狼狈，却又格外放肆。

涸辙遗鲋，且暮成枯。

裴欢顾不上再管，也看不清其他任何人和事，她眼前只有姐姐，眼看姐姐被徐慧晴击中，她怕得要命，于是像个孩子一样蹲下身，喃喃地抱着姐姐不停和姐姐说话。暄园那天的事最终结果并非华绍亭授意，他那时候也根本没想到会被老会长设局相逼。

裴欢的眼泪涌出来，她知道他们都是为了保住她，所以一个不肯说，一个不肯忘，她说到最后声嘶力竭："他是心狠，所有人都该恨他，可我不行。"

这一生他连她的眼泪都受不住，哪还有什么回头的路可以选。

裴熙睁着一双眼，有些失神地定定盯着妹妹，她觉得自己肩膀很疼，剧烈地疼，就像那天夜里一样，四周突如其来，好像连空气的密度都变了，又是一样令人窒息的逼仄感。她好像又能感觉到自己快要死了似的，可今天她需要一句答案，于是她挣扎着一口气，抓着裴欢问道："无论发生什么事，哪怕是我，你也愿意相信他？"

裴欢几乎无法回答，她迎着姐姐的目光，生生为难，但是她今生今世早已做过选择，何况这个家一直都在，所以她最终点头说："我信他。"

裴熙苍白着一张脸，眼角绷着的那滴眼泪最后还是流了出来，她疼到嘴角微微抽搐，勉强闭上眼睛，什么都不愿意再说。

任何东西，只要太深，都是一把刀。

无论爱与憎，都要受执着的苦。

很快有人过来，用了很大的力气，把华夫人从地上扶了起来。

闯进正厅的人是会长陈屿，他开门之后很快就把徐慧晴控制住了。看了四周，排除其他危险之后，他过来劝华夫人冷静，简单查看了二小姐的情况，确认她基本没有伤到要害，于是安排先把受伤的人止血，送走要紧。

整座西苑数年来第一次门户大开，三进三出，所有的房间都清开了，可是除了枪响之外，四下长廊里半点儿动静都没了，一时间所有地方都归于死寂，甚至连人来往的脚步声都刻意放缓了。

院子里数十人手下发抖，人人噤声，因为谁也没想到还会再见到华先生。

老林陪着他，从林子之外一路走进来，到了西苑门口的时候，华先生停下了却不进来，里边只是徐慧晴的乱子，于他而言，无论放在过去还是现在，对方根本没有见他的资格。

于是他留在外边，只有一句话，轻飘飘地说出来，让老林先进来，一一交代下去："告诉里边的人，会长是陈屿，这是我的意思。"

这才过了两年的光景，就都忘了吗？

一句话送进去，徐慧晴辛辛苦苦算计了这么久的事就都成了笑话：那些人可以不服陈屿，但谁又敢越过华先生这句话？

徐慧晴终究只算一个会里人的亲眷，她如何能懂，这点各怀心思的乌合之众，眼看华先生好好地回来了，吓得连跪都跪不住，几乎瞬间倒戈，西苑很快就乱了。

陈屿一直在等，他一看外边看守的人忽然都散了，就知道是谁来了，于是很快从被严密看守的房间里出来。西苑里跟着徐慧晴的人原本就都是朽院里各家的人，他马上找到景浩一一收服，很快把参与这次内斗的叛徒都聚在了院子里。

从清明开始，他就被吩咐过，要好好照顾他这位嫂子，于是陈屿派了人，把徐慧晴日常的一举一动都盯在眼里，只不过对方躲在暗处装疯卖傻，挑拨利用韩婼失败，这才被迫亲自露面，利用陈家最后那点人脉关系，煽动了一伙人，企图背叛现任会长，放出消息，让华先生重回兰坊。

陈屿的确没有什么服众的特殊本事，但两年过去，他再没悟性，也被逼着学会了如何将一颗心稳下来。这次的事情从头到尾他分毫不露，在关键时刻故意装作被徐慧晴带走，眼看兰坊大乱，也能静待时机，守在西苑之中，直等到陈家这些不死心的余孽统统现出原形，他借此翻盘，才能一一清理门户。

很快，这方隐于林后的院落肃杀而静，日影偏斜，无遮无拦打下来，晃得人头都抬不起来。

老林出来了，走到华绍亭身前说了一句："先生，会长已经把局面都控制住了，夫人平安，二小姐受了伤，正往外边送。"

华绍亭就在树荫之下点头，听见这句才抬眼，终于走进了西苑。

徐慧晴已经被人带走，她挑拨兰坊人心浮动，险些让敬兰会大乱，但到了最后连再见一眼华先生的机会都没有。

那人的意思实在清楚，她是陈家的人，自己的乱子，他管不着，该谁去处理自己看着办。而他今天来，也并不是为了敬兰会。兰坊里暗流汹涌，谁藏了什么心思，谁又和谁要撕破脸打起来，他都没兴趣。

华绍亭的目的很简单，所以这一路都没停，很快就从外边绕了进去。

积威尚在，院子里的人连呼吸的声音都静了，动也不敢动，人人垂手而立，印证了心下猜想，终究看见华先生回来了。

那人依旧是淡淡一道影子，目光却分明寸寸打量过来，无声无息，远比日光更迫人，让在场的陈家人竟无人敢抬头，连看他一眼的勇气都没了。

他今天穿了一件暗灰色的外衣，显得脸色格外浅，依旧戴着手套，很快顺着长廊的台阶下到了院子里，他左右扫一眼，什么都没说，步子缓了，却仍旧是向前去。

他这样反而更骇人，于是每走一步都让旁人无法承受，随着他那双眼，一个一个看过去，几乎削骨剜心。华先生走一步，身前站着的那些人就跟着退一步，大家迅速给他让开了一条路，然而最终退无可退，惶惶倒了一片，全在地上发抖。

院子里的桃花已经开了，细碎的花瓣都是粉白颜色，稍有一点风过，就落出一地雪。

这景象倒很少见，毕竟恐惧这东西太容易深入骨髓，一朝被蛇咬，此后一生连对方的名字都听不得。

风声鹤唳，忽然有只猫不合时宜地跳出来，一路顺着那条让出来的唯一通路跑出去，直跑了华绍亭脚边。

阳光正好，猫的瞳孔眯成了一条线，只低低呜咽一声，弓着背逃走了。

很快，华先生就走到了正厅之前，左右的人几乎躲无可躲，他也不看，就背对着一院子的落花，轻轻说了一句："会长的人选是我定下来的，你们本事不大，忘性倒不小。"

"华先生……"不知道是朽院的哪个下人垂死挣扎，一句话唤出来，后半截只能埋在肚子里。

他手腕上还是习惯挽了一串沉香，迎着院子里的花，散出一阵极其清凉的暗香，随风荡开，他又淡淡地说道："我把家留给你们了，要过就继续过，不想过了就走，只不过你们是去还是留，由不得自己定，会长说散，才能散。"

身后很快又有了喑哑的枪声，叛徒不能久留，不断有人倒下去，很快空气里散了血腥气。华先生一向最厌烦不好的气味，一眼不看，皱眉扔了最后一句话提醒在场所有人："还是那句话，这就是规矩。"

敬兰会里安身立命的根本，不是跟对了会长是谁，而是从始至终，要记得什么才是规矩。

老林把华先生一路送进了正厅，陈屿已经让人把裴熙抱起来要送出去，他们一看华先生进来了，纷纷都停下来。

他的目光停在裴欢身上，他的裴裴脸上眼泪都干了，万幸人是镇定的，扶着姐姐的肩膀正要往外走。

他叹了口气，他身后满满一院子的人，可是谁要生谁死，谁想去谁又要留，于他根本毫不相关，他眼下来这里唯一的原因，只是想接她回去。

于是华绍亭简简单单地喊一声："裴裴。"

她愣了一下，看清了来人，扑过来抱紧他，不停说着姐姐的伤势，他点头让她放心，又示意陈屿赶紧把裴熙送走。

外边的院子一片狼藉，他轻声对她说了一句："不要看。"

然后挡住裴欢的脸，让她靠在怀里，把人搂紧了才向外走。

于是那一路裴欢就真的踏实下来，她什么都不看，闭上眼睛由他引着走出去，一路出了林子。

到了街边，临要上车的时候，裴熙突然挣扎着坐起来了。

她本身就常年不见阳光，眼下失血之后脸色更显得不好，偏偏不知道哪来的力气，回身看着华先生的方向喊了一句："大哥……"

华绍亭终究停下来了，他让裴欢先上车，让她不要担心，转身走过来看裴熙。

她受了伤，瘫在后排的座位上浑身发冷，抖着唇角对他说："只差一点儿。大哥，你想过灭口，却只差一点儿。"

那一夜裴熙窒息昏厥，如果没活下来，可能后续这些年的故事就会完全不同。

没有她这个姐姐，华绍亭和裴裴这段缘分或许一路平顺，又或者早早断了，总也不至于让三个人多年为难。

华绍亭看着她摇头，他伸手压着她的伤口，她疼，重重地抽气，却又疼得清醒。

他说："你实在高看我了。"人人习惯了华先生不会犯错，反而都忘了，那时候的他也还只是一个少年人，"我根本没想到被人设局，韩婼的事实在太突然了，我当时发病，下车后才看见你竟然躲在水晶洞里，当时那种情况之下，如果老会长的人过来发现还有其他目击者，你绝对活不了。"

女人，孩子，就算是他也下不去手，他也只是个活生生的人啊！当年十八岁，眼看韩婼无辜丧命，而且还牵连到一个毫不知情的小女孩，留给华绍亭的时间只有几十秒，他只能在有限的时间里做决定。

"阿熙，你怎么就不想想，当年的事，你想活命只有一条路，你必须什么都没看见，我也必须下狠手，那是保住你唯一的办法。"

那一晚在暗园发生的一切是每个人的梦魇，他也没比裴熙好多少，二十年来历历在目。

他自己从车里出来已近强弩之末，心脏病突发，只剩下最后一口气，他下手重，迅速制住了那个女孩，把她推到了水晶洞后边。

第二天，裴熙醒过来瑟瑟发抖，她额头上撞伤了一大块，但只是外伤而已，后来去了很多人问她话，她早就已经被华绍亭吓坏了，脑子里也只剩下他最后那句恐吓。于是大家问什么都不知道，她就只是个追着猫乱跑的小姑娘，因为那天夜里实在太黑，她刚到后院就不小心撞到石头晕倒了，什么都没看见。

因为那句话，裴熙以为自己见到了吃人的鬼，也因为那句话，她被吓得真的保持缄默，她们姐妹俩此后无人怀疑，才能平安离开暄园。

华绍亭的意思清清楚楚，他有他的担当，暄园的事，从始至终虽非他本意，却因他而起，所以他早早认下，不想为自己开脱，今天他把这些话都说清楚的原因，也不是想让裴熙对他有什么改观。

"你信与不信都由你，我说照顾你们长大，你叫了我一声大哥，我说到做到。后来你病倒我照顾，你好一点儿又想走，也随你去。你恨我可以，但是不要再逼裴裴。"

华绍亭自知自己和裴熙，于裴欢而言同等重要，他不允许任何人强迫她做取舍。

裴熙的眼泪几乎是瞬间就涌了出来，她疼到开口说不出话，而华绍亭说完也没再看她，很快替她关上车门，让陈屿尽快送人去医院。

他很快上车，身边就是裴欢，她也只是静静坐着握紧他的手，什么都不再问。

华绍亭升上车窗，再也没回头去看那片树林，他扔下身后一条街的人，只是平平淡淡一句话，吩咐司机尽快回家："走吧，孩子快醒了。"

那天下午好像过得很简单，笙笙和父母去了商场，中午回来太困，迷糊着就睡了很长一觉。

等她再醒过来的时候，已经是几个小时之后了，她并不知道这几个小时之间发生过什么，等她睡醒了才发现外边的天都暗了，而妈妈就守在她的床边。

她伸了个懒腰，哼哼着像只小猪似的，裴欢看见她睡出一身汗，拍拍她笑了。

笙笙有点赖床，抱着被子翻身不愿意起来，裴欢让她看时间，催她说："睡够了就下楼吧，都该吃晚饭了。"

于是小家伙就被哄起来了，她一路下去，闻见厨房今天似乎炖了汤，屋子里充溢着食物清淡的香气，瞬间就觉得自己饿了，笑着去找爸爸。

华绍亭一如往常，生活最终总会归于平淡，他今天也和过去一样，似乎并没有任何变化。他换了一身柔软舒服的家居衣服，正靠在窗边的灯下翻看着什么。

笙笙凑过去，发现爸爸是在看几本相册。

他抬手揉她的头发，看她睡得迷迷糊糊的像个小包子，不由笑了，逗她说："玩儿疯了吧，下午睡这么久。"

孩子就坐在他身边，像他一样，伸手拿过那些沉重的相册，一页一页地看，还问他："这是妈妈吗？"

他点头，相册里的裴裴正值少女时代，总是散着长而柔软的头发，穿着裙子，站在海棠阁的树下。

她有的时候在笑，有的时候就只是偷偷地蹲在地上不知道在干什么，有的时候抱着猫正在长廊下跑，还有的时候拉着她的姐姐，偷偷地在说悄悄话。

那或许也是某一年的春天，豆蔻年华，人间真正的四月天。

笙笙第一次看到照片上还有裴熙，于是说："姨妈以前很漂亮，现在瘦了很多啊。"

华绍亭对她说："她最近病情有好转，这两天在医院，等回来你就能见到了，以后她慢慢就认得你了。"

笙笙听见这个消息很高兴，说要去看望她，和她学画画，然后又很认真地低头看。

每一页都是她的母亲，是裴欢过去住在兰坊的那些年，照片是唯一能记录时光的凭借。华绍亭看见小姑娘露出了羡慕的目光，轻声问她："妈妈好看吗？"

笙笙很认真地点头，一回身，正好看见裴欢也走过来了。

华绍亭也就顺着她的目光转过身，他的裴裴如今长大了，绾着头发，眼角眉梢却和这照片上的样子一模一样。

不管发生过什么，她始终是朵向阳而生的花，带着肆无忌惮的刺，从来都不肯示弱。

于是他的目光越发直白，裴欢被他看得一脸奇怪。

　　她不知道他们父女两个凑在一起在做什么，走过来顺势趴在他肩上探身去看，正好看到笙笙翻的那一页，是自己十几岁的时候，傻乎乎的，正在院子里放烟花。

　　照片上的裴欢堵着耳朵，明显吓了一跳，一脸惊慌，而后下一张，又是她看见烟花绽开之后高兴了，那显然是个冬天，漫天灿烂的颜色之下，只有她把自己裹在一件臃肿的外套里，还在放声大笑。

　　真傻，傻得她都不好意思了，于是把相册抢过去自己拿着翻。

　　裴欢这才发现华绍亭竟然留下了这么多照片，好多连她自己都没见过，于是她被自己的傻样逗得停不下来，捶他肩膀问："我怎么像个疯子一样，为什么要拿着一大堆树枝跑啊……你拍这些干什么。"

　　难怪后来那些老人总说她，那时候兰坊的三小姐可真不是个安静姑娘，总是像个小疯子一样跑来跑去。

　　笙笙跳过来也要看，两个人都笑倒在他身边，他陪着她们坐了一会儿，老林在餐厅叫他们过去吃晚饭。

　　华绍亭一手一个拉着她们起来，笙笙盯着那相册，忽然想起什么似的叫他："爸爸。"

　　"嗯？"他看着小姑娘头发都乱了，伸手给她整理。

　　笙笙抓着他的手问："照片上为什么一直没有爸爸？"

他的手顿了一下，忽然停下了，他还真的从来没想过这样的小事，于是这一刻，多少风云过眼的华先生对着自己女儿的小脸，竟然不知道该在这种时候说些什么。

裴欢看了一眼华绍亭，替他解释道："不是说过嘛，爸爸身份特殊，不方便留下照片的。"

小女孩有些失落，想了想，又扑过来撒娇似的问他："可是我想和爸爸妈妈一起合影，就一张，我会带在身上保护好的，就像陆叔叔一样，以后可以拿出来看，好不好？"

裴欢也有些为难了，想着自己哄些什么，华绍亭却把她抱了起来，看着她说："好，我们让林爷爷帮忙照。"

于是连一旁的老林也有些惊讶，他看向华先生和夫人，最终还是转身去拿了相机来。

那天晚上，一家人的晚饭吃得格外温馨。

老林细致，照片很快就被洗出来了，笙笙终于如愿以偿，有了一张和父母在一起的合影。

她在房间里拿着那张照片看了一晚上，心满意足，放在床头，直到华绍亭进来看她，她才肯上床睡觉。父女两个今天格外亲密，今晚裴欢特意让他来哄笙笙，于是他被委以重任，坐在小女孩的床边，守着她，直到她安然睡去。

他轻轻拿起床头那张照片，他的女儿终究还小，也许并不明白这张照片对于她父亲的意义。

华绍亭从十六岁之后，再也没有留下过任何影像资料，连带着在此之前的一切也都被早早抹掉。他以往从来没觉得这点琐事有什么可惜，但今晚笙笙的要求竟然让他觉得有些愧疚。

只是一个这么普通的愿望，也许孩子已经盼了很久，不管可能产生什么后果，他都要帮她实现。

他几乎不记得自己拍照的样子了，此时此刻他盯着手上这张照片，三个人以柔和的墙壁为背景，只有他似乎是有些过于端正了，于是他自己看着只觉得十分别扭，终究还是无奈。

原来华先生也有这么不自然的时候。

笙笙有他的眼睛、裴裴的轮廓，小小的孩子，无忧无虑地对着镜头笑。

他想把它摆回床头，顺手伸过去的时候，无意中看到照片背面似乎还有字，于是翻过去看，是笙笙晚上回房间之后，还在后边了画。

她画了三个人，爸爸妈妈还有她，还写了一行字，小女孩的字体，歪歪斜斜的，并不算熟练。

华绍亭盯着那行字看了很久，突如其来放下照片，只觉得心下翻涌，二十年夜路都熬过来了，女儿的一句话，却逼得他眼眶温热。

那是笙笙心里最想对爸爸说的话，是小孩子最简单通透的心思，她把它永远留在了照片之后。

"谢谢爸爸，护我平安。"

华绍亭很快从笙笙的房间里出去，关上门，看见走廊里裴欢正等着自己。

她似乎晚上的时候已经见过那行字，于是笑得格外有深意。

那一夜实在平静，无风无雨，仍有星辰闪耀。

裴欢在他怀里安眠，闭着眼睛，耳畔只有他的心跳声。

她不知道兰坊今夜会不会无人入睡，也不知道会长打算如何善后，更不知道敬兰会往后要怎么走，但这都已经不再重要。

裴欢的心思简简单单，从当年叫他一声"哥哥"开始，她这一生，只爱一个人，只有一个家。

这一路，来之不易，说那句感谢的，不只是女儿，还有她。

她让自己全然地放松，平静而沉默地陷入这一场温良的夜，快要睡去的时候，她慢慢伸出手，抱紧了华绍亭。

感谢今生有你，辛苦人间，从未放弃。